吴姐姐讲历史故事

吴涵碧◎著

西晋·东晋·南北朝

265年~588年

新世界出版社
NEW WORLD PRESS

司马炎（236 ~ 290 年），唐阎立本绘。字安世，河内温县人，曹魏相国司马昭长子。265 年袭相国、晋王位，同年十二月代魏称帝，建立西晋。280 年灭东吴，统一全国。在位期间，采用一系列利民利农政策，国家一度繁荣，但他大封宗族，以郡为国，形成了“门阀制度”，使奢侈之风泛滥，也为自己去世后的八王之乱埋下伏笔。

——见《杨皇后与小杨皇后》，第 50 页。

*图注内容皆出自《吴姐姐讲历史故事》——编者注

王导（276 ~ 339 年），选自《历代名臣像解》。字茂弘，东晋时一流政治家。西晋灭亡后，助晋元帝在江东称帝，在他的主导之下，维持了东晋初年偏安江南的小康局面。王导本人权势显赫，堂兄王敦控制国家上游军事力量，王家亲族子弟，多有高官显爵，势力之大，足与皇室分庭抗礼，江东人称“王与马共天下”。也造成日后东晋天子无权，权在豪门大族的畸形政治。

——见《王与马共天下》，第 67 页。

东山报捷图，清苏六朋绘。东晋谢安执政时，氐族豪杰苻坚与名臣王猛君臣合力，扫平北方，后王猛虽死，前秦军力仍处于巅峰。382年，苻坚不顾臣下极力反对和国内诸多不稳定因素，举百万大军南下伐晋。东晋虽弱，犹有谢安早些年训练的“北府兵”数万精锐，谢安即以此为凭借，在淝水力挫苻坚前锋，致前秦全面溃退，东晋转危为安。图中所绘为谢安布置好前线事宜后，在东山松树下与宾客下棋，等候前方消息，远处山间有一骑兵急驰前来报捷。

——见《淝水之战》，第91页。

刘裕（363 ~ 422 年），佚名绘。小名寄奴，刘宋政权开创者，南朝第一雄主，彭城（今徐州）人。东晋末年，平孙恩、卢循之叛有功，跻身虎将之列。405 年，起兵讨平废晋自立的权臣桓玄，遂总揽大权。随后统兵平灭南燕、巴蜀。415 年，灭后秦，东晋光复沦陷百年的关中之地，权倾朝野。420 年，以不赏之功、震主之威，代晋自立，建立刘宋，历史因之进入南北朝。

——见《刘裕做了皇帝》，第 95 页。

梁武帝萧衍（464 ~ 549 年），选自《乾隆年制历代帝王像真迹》。字叔达，南兰陵中都里人（今江苏武进），南朝梁开国君主。南齐时，任雍州刺史，后篡齐自立，建立南梁。初年勤于政事，南梁一度繁荣，晚岁崇佛，政事紊乱，对待叛将侯景处置不当，引发叛乱，最后被侯景攻破台城，饿死宫中。萧衍极有学问修养，骑射、声律、阴阳八卦，无一不精，是南朝颇具才能的君主。

——见《侯景之乱》，第 123 页。

周武帝宇文邕（543 ~ 578 年），唐阎立本绘。鲜卑族，小字弥罗突，宇文泰四子，北周雄主，代郡武川（今内蒙武川）人。560 年即帝位，572 年诛权臣宇文护，亲临政事，577 年灭齐，统一北方，率军北伐突厥时，未成行而病卒。宇文邕持政崇简抑奢，贬抑佛道，又果断明决，耐劳苦，躬亲行阵，得士卒死力，北周国力日强，出兵四伐，屡克强敌，惜天不假年，统一之志不能遂，北周政权亦落入权臣杨坚之手。

——见《第二次“三武之祸”》，第 197 页。

目录

阿斗乐不思蜀

蜀国自从诸葛亮去世以后，国势一落千丈，臣子们互相猜忌，谁也不服气谁，最糟糕的是刘备的继承人刘禅（小名叫阿斗）真是一个“扶不起的阿斗”。

诸葛亮在世时，阿斗对他又敬又怕，一切由诸葛亮包办，朝廷上倒还是一片祥和。诸葛亮去世后，阿斗逐渐宠着太监黄皓（hào）。

黄皓是个鬼灵精，会拍马屁，会察言观色，看到阿斗有些不高兴了，马上“扑通”一声直挺挺地跪在地上，一边打自己的嘴巴，一边骂自己“都是奴才该死，惹得皇上生气”。然后装出各种嘻皮笑脸的模样当小丑。阿斗认为黄皓对他很忠心，特别喜欢他。

由于黄皓在皇上面前走红，巴结的人自然多了。因此宫廷大权几乎都被这个小太监掌握住，许多厚脸皮的士大夫，为了保全自己的官位，也不惜用各种方法讨好黄皓，黄皓本来是个没有学问的奴才，竟然管起军国大事，那实在是件可怕的事。

诸葛亮在世时颇为赏识的年轻将领姜维，看到黄皓实在太不像话了，忍不住禀（bǐng）告后主阿斗，请求杀掉黄皓以维系人心。

“哎，他不过是个供（gōng）奔走的小奴才，你干什么这般介意。”阿斗护短得厉害，姜维也没有办法，只有看着黄皓扬着脸，大摇大摆，一窍不通地胡乱指挥一番。

该来的总是会来的，魏国大将邓艾率领着趾高气扬的士兵，迎风招展着绣有“魏”字的旗子，得得达达骑着马，一路敲锣打鼓地直入成都北门。

这是诸葛亮用一生的心血，辛辛苦苦，全心全意维护的据点，他还准备以此为根据地统一全国的哩，如今，被邓艾的马蹄无情地碾（niǎn）了过去。

阿斗用绳子把自己五花大绑捆好，旁边停了一辆车，车中连自个儿的棺木都已安放妥当，他率领着文武百官六十余人流着泪跪在道旁，迎接邓艾的到来。

邓艾看到跪在地上的阿斗，那一脸彷徨无助又害怕的蠢相，再看看那口阿斗准备躺进去的棺材，心里头真是鄙视，又可怜这个无用的君主。他下马，亲自把阿斗的绑给松了，然后用一把火将棺材烧掉。阿斗看到棺材烧了，心想“小命总算捡回来了”，忍不住心花怒放，脸上满是笑意，蜀国有些旧臣，看着阿斗的丑态，想起诸葛亮，五脏六腑像被火燃着一般，又热又痛。魏国大概是故意讽刺阿斗，封他为安乐公，并且命令阿斗举家迁到洛阳。蜀国的旧臣对这位君主十分恼怒，又觉得丢人，没有人肯跟着从行。

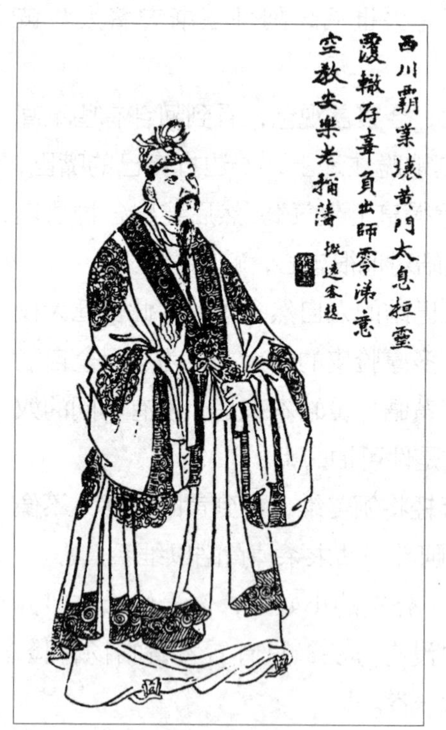

刘禅，选自清刊本《三国演义》。

只有一个叫郤（xì）正的老臣，顾念诸葛亮及刘备当年的一片恩情，狠着心，抛弃了家小，随着阿斗上路。阿斗一路上不晓得闹了多少笑话，都靠着郤正指点，才勉勉强强到达了洛阳。

阿斗刚到洛阳时，捏着一把冷汗，终日惴惴不安。这时司马懿（yì）已死，司马昭当权。司马昭的原意是惟恐蜀国再次复兴，因此把阿斗逮来就近监督，如今看到阿斗这不成材的样子，放心不少，就盖了一座漂亮的官舍，让阿斗搬进去，每天吃香的、喝辣的。

阿斗天天过得逍遥自在，真像是个“安乐”公。有一天，司马昭为了羞辱阿斗，故意在宴会中表演蜀技，阿斗的家人触景伤情，仿佛胸口被插进了一块冰，只有阿斗谈笑自若。“你想不想念蜀国呢?”司马昭试探地问。

“嗯，”阿斗用手塞了一块鸡肉到嘴里，含糊地说，“这里好得很，我不想念蜀国。”

郤正在旁边听了，脸色发白，难堪到了极点。酒席完后，他立刻跑去找阿斗：“以后晋王再问起时，你要流着眼泪说，我先人的坟墓远在蜀国，没有一天心里不想念的。”

“知道了。”阿斗爽快地答应着。

不久以后，司马昭又问起阿斗：“你想不想念蜀国呢？”

阿斗记起郤正的话，原样儿背了出来，然后死命地闭着眼睛，企图想要挤出几滴眼泪来。

司马昭奇怪地问：“这话不像你讲的，倒有点像郤正的口吻嘛！”

“啊，本来就是他要我这么说的嘛。”阿斗张开了眼睛，委屈万分地辩白道。旁边的人实在忍不住了，笑个不停，阿斗看着大家笑，也跟着一块傻笑，害得大家更笑得直不起腰。

这便是成语“乐不思蜀”的典故，形容一个没有志气的人，在优裕（yù）的环境里就快乐得忘记故国与本土，为人所不齿。

司马昭之心路人皆知

司马懿掌握魏的政权不久便去世了，他的大儿子司马师继承了权位。司马师死后，他的弟弟司马昭掌权位。司马昭比他哥哥更嚣（xiāo）张，而且一心一意想篡（cuàn）取帝位，本为高贵乡公而做了皇帝的曹髦（máo），年纪虽小，却气不过司马昭的跋扈（bá hù），愤怒地对左右人说："司马昭之心，路人皆知，我不能坐受废辱！"这就是成语"司马昭之心，路人皆知"的典故，形容一个人的野心企图，连过路人都看得一清二楚。

于是，就在景元元年（260年），小皇帝曹髦拿着剑，率领着宫里的仆役冲杀出宫，讨伐司马昭。

小皇帝带着没有受过军事训练的仆役来到司马昭的丞相府门口，这可把丞相府的卫队吓坏了，不知道该不该遵照小皇帝的命令，开门让小皇帝进府里去。

卫队里有个名叫成济的小官，急忙跑去见贾充，贾充是丞相府里的总管。成济把小皇帝杀到丞相府里来的事报告一遍，同时请示如何处理。

"这个嘛！"贾充老奸巨猾地摸着胡子，"丞相养你们这么久，为的就是今天，你还不会处理吗？"

贾充的话并没有明白指示该如何应付小皇帝。但是，成济自以为听懂了贾充的话，立刻跑到丞相府的门口，拿了一把利剑，和小皇帝对打起来，小皇帝根本不是对手，只三两下，成济便一剑刺入小皇

曹髦提剑领众出宫讨司马昭，选自清刊本《三国演义》。

帝的胸膛，小皇帝大叫一声，鲜血直喷，倒地身亡。

皇帝在丞相府门口被人杀死，这是历史上从未有过的事。当时，立刻有人飞报司马昭。

司马昭听说小皇帝在众目睽（kuí）睽之下竟被人杀死在丞相府门口，吓得倒在地上大骂："岂有此理，皇帝死在我家门口，全天下的人都会指责我，我岂不是成了弑（shì）君的凶手！"

"相爷别紧张，我有一个主意。"贾充在一旁说，"杀皇上的是成济，相爷何不立刻进宫，向太后报告成济弑君，应处以极刑。"

于是，司马昭立刻进宫，用太后的命令，一面指责曹髦不该率众杀到丞相府，这种行为不配当皇帝，应该废为庶人，一面又指责成济弑君，应诛杀本人及其家族。

成济自以为立了大功，没想到竟成为灭门之祸。

当小皇帝曹髦准备攻打丞相府之前，曾经召集大臣王沈、王业、王经商量，王经不赞成小皇帝的计划。

王经说："现在大权操在司马氏手中很久了，司马氏的死党布满了朝廷与地方，他的威势旺盛。可是，陛下这一方面正好相反，皇宫的卫队不但人少，而且素质又差，也没有精良的武器，陛下拿什么去对抗司马昭？如果你要亲自去讨伐司马昭，我怕事情会僵到不可收拾，祸不可测，我希望陛下再慎重考虑。”

小皇帝根本听不进去，他从口袋里掏出一块黄绸布，那是小皇帝自己写的一份诏书，宣布讨伐司马昭。小皇帝说：“我决定干了，死就死吧，怕什么？何况还不一定会死！”说完，气呼呼地把黄布诏书掷在地上。

王沈、王业立刻奔往丞相府，把事情报告司马昭，王经则不肯去，但也不随从小皇帝去攻打丞相府。

小皇帝被杀以后，司马昭认为王经不肯依归自己，便以太后的命令，逮捕王经。王经在入狱以前，叩见母亲，说明被捕的原因。王经的母亲脸色不变，微笑着对王经说：“哪一个人不会死，只怕死不得其所。孩子，你在皇上面前说真话，又不阿（ē）附司马昭，算是个正直的好人，以此而牺牲生命，也没有什么可遗憾的了。”

王经终于被判死刑，王沈则因为向司马昭通风报信有功，被封为安平侯。

小皇帝曹髦既死，又没有儿子，在司马昭安排之下，拥立常道乡公曹奂为皇帝，就是魏元帝。曹奂年仅十五岁，一切政治大权仍操在司马昭的手中，封为晋王。

司马昭虽然跋扈，但是，对有风骨的人仍然十分敬重。

有一次，太尉王祥、司徒何曾、司空荀凯三人共同去见司马昭，在进入丞相府之前，荀凯对王祥、何曾说：“晋王地位崇高，满朝文武大臣都向晋王行最恭敬的礼节，我们三人今天进府里去，一定要行跪拜大礼。”

王祥立刻反对道：“晋王虽然尊贵，仍然是魏国的宰相，我们是魏的三公。晋王和三公的阶位只差一级而已，哪有三公拜王爷的道理？如果我们跪拜，不但有损魏的威严，也让晋王的品德有亏，君子爱人以礼，我不干这种事。”

三人进了府，荀凯、何曾都行跪拜之礼，王祥却独自作了一个长揖。司马昭对荀凯和何曾的大礼当然很高兴，对王祥能固守身份，不肯随便讨好，更是大为欣赏，司马昭非但没有责备王祥，反而对王祥说：“今日我才体会到你是多么尊重我啊！”

阮籍的故事

自从东汉末年的外戚宦官之祸，到三国的一片混乱，杀人无数，老百姓的生活苦不堪言，人们对现实感到寒心失望，精神寂寞空虚，有的人尽情享受，追求短暂的快乐，也有的人任性胡为，把生命当成一种可笑的游戏。

阮籍（jí）是“建安七子”之一阮瑀（yǔ）的儿子，长得相貌堂堂，学问很好，他为了逃避当时的环境，和王戎、阮咸等七个人隐居在山阳县的竹林里面，徜徉于青山绿水之间，疯疯癫癫，社会上一般读书人很羡慕他们这种放荡的生活，尊称为“竹林七贤”。

阮籍很少开口讲话，整天都紧闭着一张嘴，有的时候又大发议论，讲个不休，他的眼睛长得怪怪的，可分为青色、白色两种，看着顺眼的人他才用青眼看人。一天，嵇（jī）喜来家里，阮籍认为嵇喜为人俗不可耐，讨厌到了极点，就翻着一双死鱼眼般的白眼瞅着嵇喜，嵇喜又羞又恼，却又无可奈何。

兖（yǎn）州刺史王昶（chǎng）听说阮籍风度翩翩学问不错，费尽心血与阮籍相见，阮籍冷冷地不说一个字，脸上也没有一丝表情。王昶拿他没有办法，却益发觉得此人有意思、有个性，更加敬重他。

太尉蒋济也推荐他出来做官，阮籍又一口回绝了。蒋济很不开心，气咻（xiū）咻骂着“这小子不识抬举，混账东西”，准备好好修理阮籍。阮家的亲友苦苦相劝，他才勉强就职，然而做了没有多久，就自称有病辞归乡里。

司马昭十分仰慕阮籍的才名，很想和阮籍结为儿女亲家，阮籍向来讨厌政治人物，所以不愿意接受。

有一次，司马昭请阮籍喝酒吃饭，酒席之中，司马昭稍微表示结亲的意思。阮籍不等司马昭说完，立刻向司马昭敬酒，自己则一饮而干，一杯接一杯，不久就酩酊（mǐng dǐng）大醉，司马昭没把结亲的事说完，只好派人送阮籍回去。

后来，司马昭又请阮籍吃饭，再度提到儿女的事，阮籍重施故伎，自己灌醉了自己。司马昭可也是聪明人，知道阮籍不愿意结亲，只得作罢。

有一天，阮籍向司马昭要求任命自己为东平太守，大出司马昭意外，因为阮籍一向是不屑为官的。既然阮籍开了口，司马昭立刻同意，任命阮籍为东平太守。

阮籍，唐孙位绘。

其实，阮籍不是真的想做官，他只是听说东平的风景美丽，想去游览一番，受命为东平太守，等于是一次免费的观光旅游。

阮籍独自一人骑了一只小毛驴去上任，到了东平，也不处理公务，只命木匠把太守的官邸（dǐ）

四周墙壁拆除，木匠弄不清楚阮籍的用意，阮籍笑着说："你看，外面的风景多好，我把墙壁拆掉，躺在床上，也可以欣赏到美景，那才是乐事哩！"

阮籍每天游山玩水，当他把东平的山水都玩遍后，便又回到洛阳，向司马昭辞职不干了。

不久，阮籍又主动向司马昭要求担任步兵校尉，司马昭总是顺着阮籍，立刻任命阮籍为步兵校尉。当然，阮籍并非想投效军旅，原来他听说步兵营厨房的大师傅善于酿造美酒，贮（zhù）有陈年美酒三百斛（hú），就咽着口水去上任了。

到任的当天，一大群将领士兵和官员列队欢迎，等候了半天都没有等着。最后有人发现，阮籍早进了酒窖，喝得酩酊大醉，头歪在一旁呼呼大睡。

步兵校尉的职务理该繁忙，但阮籍依旧我行我素，不好好办公，成天游游荡荡。只是凡有宴会，阮籍一定不请自到，而且喝得醉醺醺，不省人事。

虽然不守常理，阮籍平日对母亲倒是一直很孝顺。一天，他正与人下围棋下得紧张时，忽然有家人来报告，说是阮母已在后堂病逝了，与他对弈的人立刻站起来，慌慌忙忙长长一揖，准备告退。

"急什么，下完这一盘再走！"

不由分说，阮籍硬拉着人家决了胜负，然后放声痛哭，哭完了，吐血数升。在居丧期间，依旧照样每日非酒不可。

他的朋友前来吊丧，阮籍披头散发，呆呆地蹲在一旁，依丧礼，有人吊丧，家属应答礼，一直到今天我们在殡仪馆仍是如此。阮籍不哭，也不跪，他的朋友告退后，外边批评道："主人如此无理，你何必哭得这般伤心？"阮籍的朋友说："他是方外之士，我是俗中之人，不可无礼。"而当时竟然有人也赞美阮籍与他的朋友都是"相当难得"。

阮籍家隔壁有个卖酒的少妇，面貌十分艳丽，阮籍天天去买酒。醉了，就躺在少妇身旁呼噜呼噜睡着了。

“喂，这是干什么？”少妇的丈夫起初看到，大为不悦，卷起袖子就要揍人。以后，发现阮籍没有恶意，也就任凭他去。他当步兵校尉时，手下一个军士的女儿，色艺双全，不幸忽然得了急病死去了。阮籍并不认识他们家里任何一个人，听说了这件事，备了几份厚礼，亲自去致哀，哭得昏天黑地，趴在坟前不肯站起来，旁人讥诮（qiào）他不懂礼法，神经不正常，阮籍扬着脸道：“笑话，礼教岂是为我阮籍所设？”

他又常常驾着一辆小马车，毫无目标地在野外乱闯，哭哭笑笑，举止怪异。然而脑筋却十分清楚，提起笔来就是一篇佳作，连一个字都用不着改。

阮籍的种种行为，都是一种消极的逃避心理，他不满现实，借酒装疯，麻痹神经，心里非常痛苦。

由于当世人对现实不满，看到阮籍这种违反传统的叛逆行为，起初看不过去，慢慢地形成一种风气，认为就是要像阮籍这样玩世不恭，凡事都不在乎，才时髦，才脱俗。谁要再讲救国救民的大道理，真是“俗气”，于是形成社会上一片衰靡（mǐ）之气。

阮咸与猪同醉

说到三国历史，不能不提到正始玄风，因为正始玄风对三国以后的魏晋南北朝有很大的影响：风俗败坏，礼教崩溃，国家分裂，民生涂炭，长达三百余年，是中国历史上的黑暗时代。

什么叫正始？正始是魏明帝去世以后，魏少帝曹芳即位后的年号。这段期间内，士大夫们恣（zì）情放纵，排弃礼教，每日高谈玄理，而不求踏实的学问。

为什么会产生正始玄风的呢？原来自从曹操揽权以后，一方面他看不惯东汉有些伪君子沽名钓誉，另一方面曹操要讲究实利，曾三次下诏书征求人才，内容强调注重才能，不考虑品德，使得社会上一般人道德观念一天比一天淡。

后来，魏文帝曹丕即位，臣子陈群建议用“九品中正法”选拔人才。九品中正法，简单地说就是州设“大中正”，郡县设“小中正”官，由这些官来评定人物的优劣，把人分为“上上、上中、上下、中上、中中、中下、下上、下中、下下”九等，作为政府用人的标准。久而久之，选拔日渐不公平，豪门大族担任中正官后彼此勾结，造成了“上品无寒门（出身门第清寒之人），下品无世族（世家大族的子弟）”，家里穷的，永远挤不入上品，而下品官内也不会有世族子弟。这种不公平的选举办法，使人们有前途黯（àn）淡悲观的凄凉之感，人心日趋萎靡。阮咸的放荡行为正好对此作一个说明。

阮咸是阮籍的侄儿，性情放达不受拘束，他很崇拜叔父阮籍，时常跟着叔父一块儿游山玩水。

在阮籍的家乡，阮是一个大姓，北边的阮族——北阮个个衣着光鲜，都是有钱人，南边住的都是阮姓的贫户，人民称之为——南阮。

每年到了七月七日，北阮的富户就把家中的绫罗绸缎统统晾了出来，彼此赞叹，也显一显家里的阔气。否则，成年压在箱底，没有机会“亮相”，实在太可惜了。

阮咸属于南阮，对于北阮的作为大为不满。“你挂，我也挂”，阮咸不甘示弱，立刻找了根竹竿在大街上撑了起来，他家中哪有什么锦绣罗绮呢？阮咸把些粗布衣、臭裤子、烂了一半的短衣全都亮出来献宝。

南阮的穷户觉得丢人，纷纷要阮咸把竹竿收起来，忿忿地说：“丢人现眼。”

“嘻嘻，不能免俗，有总比没有好。”阮咸嘻皮笑脸地回答。

阮咸的姑母有个婢女，人长得挺标致，阮咸每次去姑母家，总要借机会去逗逗她玩，胡闹一阵子。

有一天，阮咸家中有贵客降临，正在招待着，忽然听见家人说：“姑母要搬到远处去了。”

阮咸一听此话，非同小可，也顾不得贵宾在座，夺门而出。更过分的是，阮咸竟然抢了宾客的快马直往姑母家中奔去。

一路上跨马扬鞭，尘土遮天，惹得路人侧目而视，阮咸也不管，追上了姑母的车后，硬把婢女自车上夺下，搂抱着婢女，亲亲热热，双双而归。

许多人都涌过来看热闹，指指点点，窃窃私语。阮咸也不在乎，高声地“哈哈哈”大笑，猛地用鞭子一抽，马儿立刻嘶鸣着急奔而去，传来阮咸更加狂妄自大的笑声。

阮咸自命为不守礼法的时髦人士，因此，他请族人喝酒，不用杯子，大家围在酒缸旁，有的随便用容器，有的直接用手掬起来便喝。

喝得微醉了，“好酒，好酒”，有位族人把头伸进酒缸里喝个痛快，其他人跟着效法，脸上、发上，全沾满了酒，酒缸中也沾了不少人的污垢、头发、汗水，大伙也不以为忤（wǔ），喝喝笑笑，手舞足蹈，快乐似神仙。

也许这些名士崇尚自由吧，将人心比“猪”心，他们想猪大概也不喜欢受拘束，所以阮咸家里的猪可以自由地走来走去。

“嗯，嗯”，猪也闻到了酒香，拖着笨重的身躯，蹒跚地爬了过来，靠近了酒缸。

“砰”的一声，猪也学着阮咸，把脑袋浸入了酒缸，“呼噜，呼噜”大口地吸着，阮咸等既不生气，也不嫌猪臭，反而认为人猪共饮，倒也别开生面，觉得新鲜而有趣。

酒鬼刘伶

竹林七贤是魏晋时代的所谓名人雅士，他们自命高超，喜欢谈论老庄，即使居高位，对国家治乱仍漠不关心。下面再讲一个七贤之一刘伶的故事，让大家更进一步了解他们的作风。

刘伶，字伯伦，沛国人，容貌丑陋，他的人生哲学是世间一切得失都是相对的，富与穷，生与死都差不多，宇宙极小，万物一般，没有任何事物值得去奋斗、去追求，除了一桩——酒。

刘伶因为自命脱俗，不屑与平常人往来，只与阮籍、嵇康等相交，时常携手在竹林遨游，当然也少不了以酒助兴。

刘伶平常不做事，靠祖宗的田产过活，他喜欢乘着一辆鹿车，带着一壶酒，悠哉游哉到处游山玩水。

他出去玩的时候，总叫一个小童，扛着锄头跟在后面，刘伶拿起酒壶“咕噜咕噜”往喉咙里灌，对小童说：“随时随地，死便埋我，死在哪儿，就葬在哪儿。”交代完后事，他便提着一壶酒上路了。当时士大夫对于刘伶这种把生命看得毫不在乎的作风，佩服得不得了，纷纷仿效，称为“放达”。

刘伶的太太最怕听他讲这种不吉利的话，但是，看他那副要酒不要命的德行，有一天死在路上也不是没有可能。因此每回刘伶驾着鹿车出游，她就心里七上八下，着急万分，一直要等刘伶歪歪倒倒醉醺醺地回到了家才安心。

“我们家里穷，你又不肯做事，也就算了。身体不好，又天天

刘伶，唐孙位绘。

喝酒，这样下去怎么办？”刘伶的太太一天到晚嘀嘀咕咕，他一句也没听进去。

有一天，刘伶的太太大发脾气，把他的美酒、酒器统统一起砸得稀烂，强迫刘伶戒酒。

刘伶叹了一口气道：“也不是我不肯，只是个性如此，要戒酒，除非祷告鬼神助我断酒。”

“真的？”刘伶的太太看他终于有悔悟之心，十分欣慰。忙着杀鸡宰羊，张罗酒菜，在庭前布置起香案，先毕恭毕敬拜了几下，然后满怀兴奋把刘伶拉来。

刘伶“扑通”一声直挺挺下跪，大声祷告道：“天生刘伶，以酒为名，一饮非一斛（hú）不可，要五斗才能尽兴，妇人之言，慎可不听！”说着扯下一只鸡腿大嚼，“哈，妇人之言，慎可不听！”捧起祭祀的美酒便喝。

刘伶的太太被气得脸儿一阵白，一阵红，又羞又恼，啼笑皆非。

过了几天，刘伶在外面又因为喝酒和一个粗人起了冲突。那个粗人野蛮得很，卷起袖子抡着拳头就要揍刘伶。

“慢着，慢着。”刘伶倒退了几步，用手护着前胸道，“我这几根鸡肋禁不起你的拳头。”那粗人看看刘伶的几根排骨，的确有点儿像鸡肋，笑得上气不接下气捧着肚子走了。

刘伶还有一个怪毛病，喝酒喝得酒酣耳热了，就开始动手脱衣服。一直脱到一丝不挂为止。

一次，他又喝醉了酒，脱光了衣服，坐在书桌前读书。忽然有一个客人闯入，发现刘伶赤身裸体，大吃一惊面红耳赤。

客人把脸别过一旁，怒声责备：“你这个人怎么这般无礼？”

刘伶昂然答道：“我以天地为房舍，屋宇为衣裤，你莫名其妙走到我裤子里，是自讨没趣，少见多怪。”

竹林七贤果真像他们自己所说，与天地万物合一，淡泊寡欲吗？错了，他们是以唾弃礼教而求名，以世人不齿之事，看做是风流雅事，用来沽名钓誉。前些年，欧美有些青年在大街上裸奔，惹得路人尖声怪叫，他们自己觉得十分过瘾，这和魏晋之时刘伶差不多，都很无聊。

矫揉造作的竹林七贤

嵇（jī）康是竹林七贤中被公认为最多才多艺的。他少有奇才，读书的悟性很高，身长七尺，挺拔潇洒，有仙风道骨的风采，当时人称他为“龙章凤姿”。

魏晋时代的人对外貌非常注重，嵇康俊美，文章又写得好，很受一般民众崇拜。有次在山林中采药，一位樵夫看见他那飘逸的身影竟然以为是仙人下凡。正因如此，魏国宗室急着把女儿嫁给嵇康。

嵇康曾担任过短期的中散大夫，对工作没有兴趣，也不愿尽力。不久，隐居山林，与阮籍、刘伶等结为好友。嵇康也喝酒，更喜服药，当时人喜欢服食长生不老的丹药，丹药中有铅和砷（shēn），或许是铅中毒吧，所以会变得愈来愈疏懒。

竹林七贤表面上看不起俗物、礼教，好谈玄妙虚幻的道理。其实，多半对名利非常向往，不多时，竹林七贤之一的山涛，首先逃离了隐士生活，靠着与司马昭有表亲的关系，攀上了高位，而且一再升迁，他并推荐嵇康继任自己原来的职位。

嵇康写了一封信与山涛绝交，这是一篇极为有名的文章，说明他野性难改，不耐流俗。他说：“我幼年丧父，因为母亲娇惯，没读什么经书，性情疏懒，肌肉松弛，经常半个月不洗脸，非到痒得难受，绝不沐浴；连上厕所也懒得去，一直忍着，非到尿要胀出来，我不起床……除非你我有深仇大恨，你不要拉我去做官。”信中并对官场大大讽刺一番。

竹林七贤，清代杨柳青年画。

山涛一向看不起做官的，自己当了官，处处不负责任，表示“仍然不稀罕此职位”。山涛后来担任选拔人才的职务，也就是向皇帝推荐某人任某一职位。每一回有一个官出缺了，山涛就拟了十几个人让晋武帝司马炎选，先试探晋武帝的意思，然后再上奏。

晋武帝不了解外情，挑中的人经常不是众望所归的优秀人才。一般人不清楚，以为山涛很走红，他说谁好，谁便可以出头，哪个人得罪了山涛，也就堵住了自己的官路，对山涛十分巴结。山涛也就大大方方收取贿款。

山涛还有一个本领——以退为进。每次升官，他就苦苦上表，说自己“老了、病了，实在不能再做了”，逼得武帝又用更高的职位挽留他。然后山涛再假惺惺地故意谦让一番，才“勉勉强强”去上任。

让我们再回过头来看嵇康。

嵇康因为家贫，以锻铁维持生计。他家门口有一棵大树，十分阴凉。嵇康常与向秀（也是竹林七贤之一）在树下敲敲打打。

此时，大将军钟会正春风得意。他撰（zhuàn）了一篇文章，自以为见解独到，因仰慕嵇康之名，特别怀揣着新作，邀集了贤士名人来拜访嵇康。

嵇康正和向秀在铿（kēng）锵锵（qiāng）锵地打铁，看到钟会来了，连招呼都不打，依旧埋头打着。

嵇康与向秀两人说说笑笑，仿佛没见到钟会一般。

钟会在带来的名士前丢尽了颜面，脸孔涨得通红，气得拔脚要走。

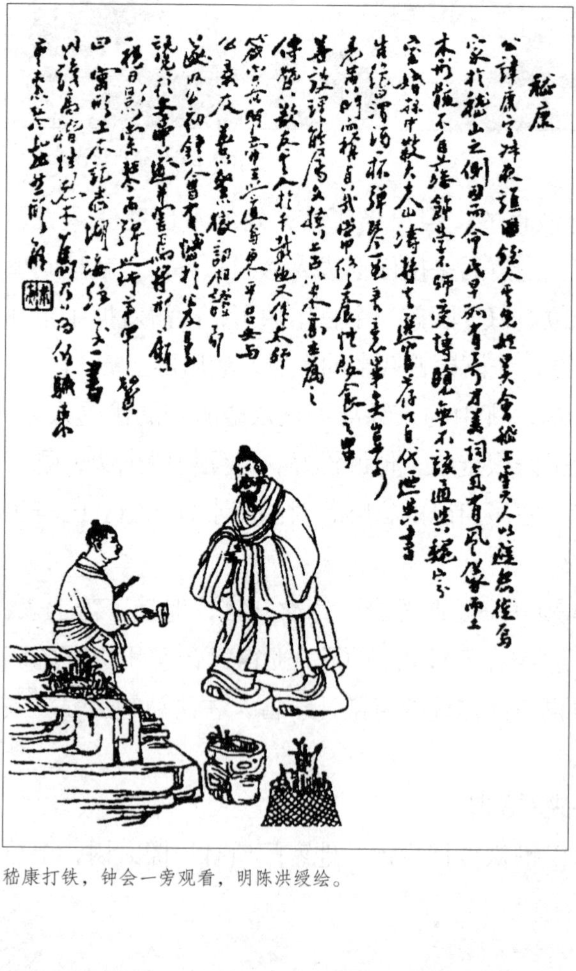

“待会儿，”嵇康叫住了钟会，“你听到什么而来？看到什么而去？”

“我听到所听的而来，看到所看的而去。”钟会气愤地回答。

回去以后，钟会立刻在司马昭面前参了一本，说嵇康言论放荡，有害社会风俗教化，这种人不该留着。于是，司马昭下令把嵇康处死了。

嵇康打铁，钟会一旁观看，明陈洪绶绘。

嵇康的朋友向秀恐怕受到牵累，胆战心惊。正好地方上要推举人才，素来鄙视官场的向秀急忙去应征，到达了京城洛阳。

司马昭看到向秀来了，笑着讽刺道："听说你有箕（jī）山之志，你怎么来了?"

向秀回答："像许由、巢父那种人，不了解尧、舜安邦治国的苦心，哪值得羡慕？"

许由、巢父是尧舜时代的隐士，许由听到要他做官的消息，就到河边洗耳朵，说："别让这些话玷污了我的耳朵。"巢父为了逃避官场，干脆住在树上，这两人隐居在箕山，所以后代用"箕山之志"，代表隐居。竹林七贤自命为隐士，所以司马昭用箕山之志讥刺他。而向秀也居然好意思自打耳光，难怪后来官做到了散骑常侍。

可见得竹林七贤故作潇洒，为的是沽名钓誉，口中批评官场，却又厚颜无耻去求官，一旦当上了官，还是拿"玄虚"为幌子，不肯好好做事，甚且想尽办法拿红包。

竹林七贤这批人代表的人生观，表面上看来清高脱俗，其实只是自我麻醉，而且造成魏晋南北朝的糜烂风气。

王戎与李树

竹林七贤七个人已讲了六个，这回要说最后一个人——王戎的故事。

王戎小时候非常聪颖，悟性极高，他有一个本领，面对着灼灼的太阳光，眼睛不会眨，也不会眯起来，有人形容王戎的眼睛灿烂有如闪电。

当王戎六七岁的时候，胆量已经很大，一天，在宣武场观杂戏，看得有趣，大伙都走近瞧瞧，忽然老虎在槛（jiàn）中发起威来，大声一吼，声震天地，吓得人们抱着头转身就跑，只有王戎直直站在原地不动，神色自若，魏明帝在阁里看到惊奇万分，直夸："这个小孩子真勇敢。"

他不但胆量大，而且反应机灵。

一天，王戎和几个小朋友上街玩耍，发现道旁有一株李树，果实累累，一个个鲜艳欲滴，又大又红，大家口水都要掉下来了，小朋友们一拥而上，争先恐后爬上树去。

"咦，王戎快来啊！"小朋友发现王戎竟然没跟上来，觉得好奇怪。

"别去了吧，这些李子都是苦的。"王戎摇摇头道。

"哪有这种事，我不信！"一个馋嘴的小胖子抢先爬上树，摘下一个大的就咬，"哇！呸呸！"小胖子不断地吐着口水，生气地埋怨着，"从来没有吃过这么难吃的李子，不但苦而且酸得要命。"

一群人垂头丧气地爬下树，奇怪地问王戎：“你又没有尝过，怎么知道李子是苦的呢？”

“这个嘛，很容易。”王戎从容不迫地回答，“你们想想看，李树长在道旁，又没有人管理，如果又香又甜，不早被摘光了，哪还剩下这么多？”

大家听了都很钦佩王戎的观察力。

王戎长大了，与阮籍等六人成为好朋友，号为竹林七贤，很受社会人士的崇敬。

竹林七贤的作风是，官是要做的，责任却是不愿意负的。王戎也不例外，他历任吏部黄门郎、散骑常侍、河东太守、中书令等高官，却没有为民造福的意愿。

竹林七贤标榜“隐士”，认为不做官，隐居山林固然是“隐”，就是在朝廷也可以做隐士，王戎后来做到了司徒，虽然职位很高，他却把所有的事交给手下的幕僚。时常偷偷骑着小马，从边门悄悄溜出去玩儿，见到的人都不知道他是司徒，也没有想到本来应该忙得不可开交的司徒，竟然会在路上闲逛。

王戎十分贪财，广收八方田园，竭尽所能地攒钱，每天晚上，王戎自己拿着牙签（用象牙制成计算钱财的工具），对着账簿，仔仔细细地核对。财源滚滚而来，王戎还是不满意，为人吝啬（lìn sè）小气万分，人家都说他是财迷心窍，病入膏肓（huāng）了。

王戎的女儿嫁给裴頠（wěi），裴頠曾向岳父借过数万银钱，一直没有还，王戎每次想起这件事就像心里掉了一块肉般难受。

他女儿回娘家，上堂去禀见王戎。

“爹，女儿回来了。”

“哼！”王戎扭过脸去，仿佛没看见人似的踱着方步走开了。

王戎的女儿很清楚她父亲的脾气，急急忙忙把欠债全部还出，看到了钱，王戎的气也消了，父女和好如初。

王戎，选自《清刻历代画像传》。

王戎有个侄子快要结婚了，这次他倒很大方，送了一件小小的单衣为贺礼。但是侄子完婚后，王戎竟然把侄子骂了一顿，把单衣又要了回来。

更叫人啼笑皆非的是王家有一株李树，结出的李子皮薄汁多，甜美无比，王戎把它当宝贝，很舍不得吃。

一天，王戎灵机一动："何不拿去卖钱？"主意打定，他就开始忙着摘果子。

摘了一半，王戎突然想到："不好，我的李子是难得一见的好李，若被人买了去，用核栽植，岂不白白便宜了人家？不好，不好。"

不卖，恐怕李子都烂掉了，损失了金钱。

卖掉，又惟恐旁人得了好的李树。

王戎烦恼极了，最后，他竟想出一个妙法，先把李子中的核剔除，再加以出售，他也不嫌麻烦，拿着钻子一个一个地挑果核。

买了王家李子的人都好生奇怪，怎么这些李子竟没有核，等到打听清楚以后，不免啼笑皆非，都说没看过如此小气的人。

李密孝顺祖母

司马昭想要篡位，自立为皇帝，他的野心是当时人所共知，这便是成语“司马昭之心，路人皆知”的由来。

等到司马昭灭了蜀国，把刘备不成材的儿子阿斗俘虏以后，司马氏的大权已经稳固。司马懿（yì）死后，把权位传给儿子司马师。不久，司马师去世，权位由弟弟司马昭接管。当司马昭去世，权位又传给儿子司马炎。司马炎一掌权，立刻就逼着魏元帝让位，搬出皇宫，自立为帝，改国号为晋，是为晋武帝。

晋武帝即位后的第二年，立杨氏为皇后，杨皇后美丽大方，聪明贤慧，不幸，杨皇后生下的太子司马衷却痴痴呆呆，连话都说不清楚，很让武帝操心。

武帝看着司马衷傻傻的样子，想到将来天下要交到他手里，实在不放心，便和杨皇后商量：“怎么办呢？不如另立太子。”

“不好。”杨皇后不赞成，“自古以来，立太子都是立长子，而不是立贤子，太子虽然不贤，然而名位已定，不可动摇。”

杨皇后说得也有道理，武帝只好打消了废太子的念头。这个太子正是日后的晋惠帝，也是中国历史上有名的笨皇帝，他可笑的事很多，以后我们会讲到。

既然太子换不成，武帝就积极为太子物色老师，希望能在良师的辅导下，化腐朽为神奇。

于是，武帝立刻下令征召犍为人李密为太子洗马（洗马是自汉代就有的官名，太子外出时走在军队的最前面，晋朝以后掌管图书）。当大队人马不远千里赶到了犍为郡，传达了这个天大的光荣，李密却满脸哀愁，似乎有说不出的苦恼。

李密何以如此不识好歹？这要从头说起：

原来李密有一个极为悲惨的童年，他生下来，只有四个月大时，父亲就过世了；家里的环境很坏，到了四岁时，舅舅又逼着母亲改嫁，只剩下他一个人孤苦伶仃。

营养不良加上又受到刺激，不久他生病了，而且病得很厉害，日夜啼哭吵着要妈妈。李密的祖母看他可怜，心里不忍，因此虽然年事已高，体力已衰，仍然收留了李密，由于先天体质虚弱，一直到了九岁，他才会走路。

祖母本人的身体也不硬朗，每逢祖母生病，李密总是流着眼泪在病榻旁伺候，照顾得无微不至，只要祖母的病一天没有好转，李密就一天不肯上床睡觉，祖孙二人相依为命，感情好得不能再好。

李密的学问不错，而且善于辩论，曾在蜀国做到尚书郎，又曾以外交官的身份奉派到吴国，表现杰出，在江南一带享有盛名。蜀国亡后，李密隐居在家乡，招收门徒传授学问外，其余的时间都在伺候祖母。

不料，突然接到了朝廷的诏书，李密相当为难。不说别的，单以他是个蜀国的旧臣，已一千个、一万个不想当晋朝的官，何况亲爱的祖母又染上了重病，随时都有生命危险，更不愿赴京（洛阳）为官了。因此，李密总是一拖再拖，迟迟不肯动身。

但是，使者哪里肯放过他，看到李密一再延缓，脸色就不好看了，天天上门来催：“还请早些上路吧，免得我们为难，况且去当太子洗马又不是坏事，你怎么……”说着，白眼扫了过来，大有指责“不识抬举”的意思。

李密只好打躬作揖，连连道歉，但他也知道事情是拖不下去了，等到武帝怪罪下来，全家都难逃厄（è）运，可是，撇下祖母远走京城，万一祖母有个三长两短，想到这里，李密的背脊一阵又一阵的发凉。

李密背着手在房间里转来转去，想不出任何办法，于是抹干眼泪，向武帝上了一个《陈情表》。在《陈情表》的文中，李密叙述了自己坎坷的童年遭遇、祖母病危的情形；最后婉转地请求："臣没有祖母，活不到今天，祖母没有我，也没法度过晚年，我们祖孙二人，相依为命，我实在不能离开祖母啊。我今年四十四岁，祖母今年已九六高龄，我报答陛下的日子还很长，报养祖母的日子却没有几天了，我这个像乌鸦般反哺报恩的心情，希望陛下成全。"

晋武帝看了李密的《陈情表》相当感动，特别准许李密等到祖母归天以后才到朝廷上任，并且赐给李密两名婢女帮忙伺候祖母，因此，当李密的祖母去世后，他纵使满心不愿，也不得不上任。

后来，李密被选为汉中太守，临上任前，武帝命他赋诗助兴，谁想到李密竟然坦白地写出"官中无人，不如归田"，意思是说，朝廷里没有人才，我还不如回家去耕田。这等于是在骂皇帝无能，武帝看了十分生气，不久李密被免职回乡，成全了他尽忠蜀国的心愿，果然"忠臣出于孝子之门"。

李密的这篇《陈情表》，文字浅显，一字一句从肺腑中流出，使人看了忍不住要掉眼泪，难怪有人说："读诸葛亮的《出师表》不哭的人是不忠，读李密的《陈情表》不哭的人是不孝。"

不讲理的孙皓

魏、蜀、吴三国之中，蜀国的阿斗向魏国投了降，魏又被晋所篡，剩下的吴国如何呢？

在晋武帝司马炎篡位的前一年，吴景帝去世，本来应该传位给太子，可是太子年龄太小，蜀国刚刚被灭，东南又有乱事，大臣们商议的结果，非要迎立一位有为的君主才能稳住局势。

于是，有位大臣提出了孙皓，夸奖这位孙权的孙子有才识，有判断力，聪明好学，奉守法度。就这样，二十三岁的孙皓正式即位为吴帝。

哪儿晓得孙皓即位以后，贪酒好色，骄傲粗暴，朝廷上下都失望极了。

一次，孙皓举行宴会，欢迎自晋回国的使者。这天，孙皓的兴致很高，传下命令："百官必须尽饮为欢。"许多没有酒量的官员都暗暗叫苦，却也不敢违抗旨意。

其中有位散骑常侍王蕃，一向严肃拘谨，不善饮酒，才饮了数盅，立刻满脸通红，走了没有两步路，"叭"地一声跌倒在地，醉得不省人事。

"扫兴，扫兴！"

孙皓看了，颇为不悦，大声叫道："把他给我抬出去。"

王蕃被侍卫七手八脚地抬出殿外，室外凉风习习，空气清新，没多久，王蕃悠悠地张开了眼睛，想起刚才在大殿前出丑，慌慌张张站了起来，一边扶正衣帽，一边往殿里面冲。

王蕃一向是个循规蹈矩的正人君子，不免对自己的失态懊恼万分。因此特别打起精神，从容不迫地重新与人寒暄应酬。

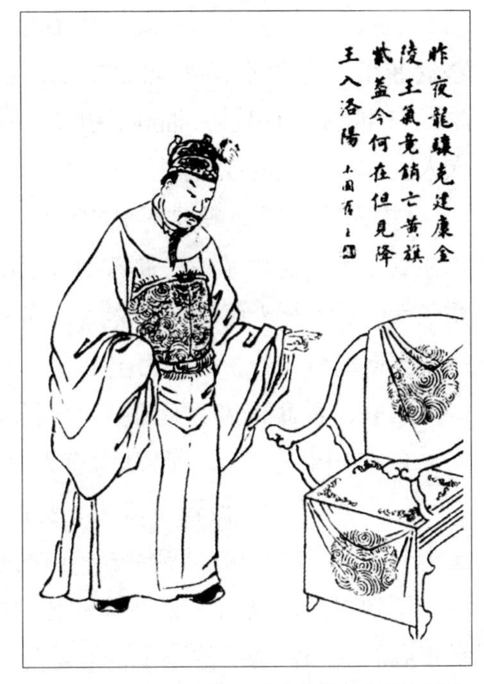

孙皓，选自清刊本《三国演义》。

孙皓转眼看到了王蕃竟然好端端地与人谈天，心头之火熊熊燃起，他认为王蕃方才一定是故意装痴卖傻，借酒装疯，欺君之罪岂可轻易放过？倒楣的王蕃就喂了野狼。

孙皓除了脾气奇坏，还有一个毛病——不许别人看他，一看他就要治罪。

因此上朝的时候，文武百官个个低着头，专心看着脚尖，没有人胆敢仰起脑袋，除非不要脑袋了。

陆抗是吴国的大将军，允文允武，为吴国立下了许多汗马功劳，他对孙皓不许臣子们注视不以为然，写了一篇奏章呈给孙皓：“古今哪儿有君臣不许相视的道理？如此则臣子不晓得谁是天子，万一有一天，君主发生不测，臣子到底该救什么人呢？”

孙皓因此下诏，陆抗上朝可以上视天子，别人还是只许看脚尖。

他虽然不喜欢臣子们注视，却喜欢偷偷窥视臣子们的一言一行。

所以在朝廷上，他派了十名小宦官分立左右，瞪着眼观察每一位臣子的举动，称之为“司过”。

“司过”对文武百官真是一种酷刑，试想，穿着朝服大袍，一动也不能动，又得当心不要把头抬起来，以免不小心看到孙皓已经够受罪了，身旁还有虎视眈眈的太监等着在朝会后，秘密报告孙皓，只要有一点可疑，抽筋、剥皮、拔舌就随孙皓的高兴了。因此人人上朝心里头就在打鼓。

“探人隐私”是最要不得的行为，孙皓对此兴趣顶浓，他很喜欢在宴会上玩这种游戏，逼着甲大臣说出乙大臣的丑事，丙大臣透露乙大臣见不得人的秘密，然后，仰天大笑：“有趣，有趣！”把臣子们弄得尴尬万分，窘态百出。

后来，晋武帝发兵南下，幸而陆抗大将军运用奇兵才转危为安，孙皓却十分自得，自以为有天助，更加荒淫无道，终于在咸宁六年（280 年），被晋军攻入，孙皓投降，吴国正式灭亡，享国五十七年，三国结束，晋朝统一了全国。

说到这儿，我们发现一个问题，中国古代君主专制政体，很容易走向君主独裁暴虐的路子，但是历史上像孙皓般暴虐的君主并不多见，而且都逃不了被人民推翻的命运。为什么？

因为中国古代对政治有大同世界的理想，大同世界的理想像灯塔般照耀着君臣们，使实际政治朝向灯塔努力，所以再坏的君主也知道自己行为不合理。更有许多忠臣，宁肯冒着一死也要上谏皇帝，中国人有这种为理想而牺牲性命的精神，这是古代政治不致过分专制之因，也是我们的宝贵资产——中国读书人的风骨。

堕泪碑的故事

在上一回《不讲理的孙皓》中说到，吴国传到最后一位君主——孙皓，荒淫无道，终于被晋所灭，今天就要讲灭吴名将——羊祜（hù）的故事。

羊祜是汉末大学问家蔡邕（yōng）的外孙，书香门第，从小就博学能文，安贫乐道，有人赞美他是“当代的颜子”。颜子指的是孔子的大弟子——颜渊。

长大以后，羊祜在晋为官，泰始五年（269 年），被派到荆州管理军务，到了荆州一看，糟糕，军队里的粮食不够一百天食用了，而一开战，粮运中断经常是最大的问题，于是，羊祜下令“拨一半巡逻兵去开垦荒田”。

到了第三年，整整开垦了八百顷荒田，足足存了十年的粮食。羊祜又在荆州地方办学校，很得当地人民的敬重。羊祜虽然官拜大将军，平常不穿戎装，总是一袭宽宽的儒衣，系上一条轻缓缓的带子，看来有说不出的舒服，他为人又是那么温文儒雅，因此人人都说羊将军倒像是个书生。

虽然看起来文雅，打起仗来可不含糊，羊祜和吴国的大将陆抗，被人比喻为诸葛亮与周瑜。

由于两名大将都很厉害，谁也没法把谁打败，于是两人改采稳扎稳打的办法，对峙（zhì）在襄阳一带。羊祜首先决定用以德服人的方法。

羊祜，选自《马骀画宝》。

每次羊祜与吴人交战，约定哪天交兵就是哪天，绝对不诱敌，也不偷袭，有兵士建议："我们不如早一天出袭，杀得他措手不及。"羊祜说："不可以。"然后用烈酒把那位兵士灌醉，免得兵士到处乱说。

羊祜的军队偶然进入了吴国境内，顺手偷割了不少稻谷，羊祜知道了，大为不悦，已经割下来的稻子也接不回去，因此他算算约值多少钱赶紧赔给人家。甚且双方兵士出外打猎，擒到的野兽，如果是吴国兵士先射的箭，羊祜一定命令送回吴人。晋兵虽然心头舍不得，也只好听从羊祜的嘱咐。

陆抗曾派人送来自酿的美酒，羊祜喝了一个痛快，旁边的兵士倒捏了一把冷汗。后来陆抗得了疾病，羊祜命人送来良药，陆抗也马上煎来服用，左右都反对，惟恐药中有毒，陆抗不以为然道："羊祜哪里是会下毒的人呢？"果然，不久病愈。

送敌将治病的良药，这似乎不可思议，其实陆抗与羊祜是在比"德政"，比赛谁的道德更高，以赢得民心，这是中国战争史上一段难得的佳话，可惜以后很少看到。

羊祜有一个习惯，阅过的文件立刻焚毁，绝不外流，对公事守口如瓶，别人不论如何套他的话，他绝对不透露半个字。羊祜平生推荐的人很多，他从来没有告诉对方是自己推荐的，当然也不期望被推荐的人有所报答。

羊祜与陆抗的“德政”，境界太高，吴国君主孙皓不能了解，当他听说陆抗竟然送酒给敌人喝，气得暴跳如雷，大骂“混账”，自作主张发动攻击，次次大败，陆抗就忧郁而死。没有多久，羊祜也病倒了，晋武帝来看他，羊祜有气无力地说：“现在孙皓暴虐无道，此时发动攻击，可以不战而胜，如果孙皓不幸死了，吴人另外拥了新主，那时就不容易了。”

晋武帝听从了羊祜的话，展开猛厉的攻势，果然孙皓一下子就被击溃俘虏。

咸宁四年（278 年）冬天，羊祜去世，当他的死讯传到了荆州，荆州一片哭声，不但晋军哭，连吴军也痛哭流涕，老百姓没有心情做生意了，索性关上门，家家户户都似乎在办丧事。由于羊祜平日喜欢登岘（xiàn）山，后来襄阳人士就在岘山建造了一座巍峨的纪念碑，碑旁盖了一个庙，以纪念这位受人爱戴的大将军。襄阳人每次登山见碑，无不哭得满脸泪痕，因此称之为堕泪碑。一直到唐朝这项风俗仍流传不息，大诗人孟浩然有一首《与诸子登岘山诗》，其中说道：“羊公碑尚在，读罢泪沾巾。”意思是说，羊公碑还竖立在那儿，我读完碑上纪念的文字，哭得眼泪湿透了手巾。

从堕泪碑的故事，我们可以发现中国人爱好和平，中国人所崇拜的英雄都是有学问有道德的君子，中国人瞧不起只会斗狠侵略的莽夫，这也是中国文化了不起的地方。

美男子潘岳

在前面讲竹林七贤时，曾提到当时的人很重视容貌，到了晋朝，这种爱美的风气日渐盛行。

依据晋朝人的审美标准，男子的美并不是雄赳赳、气昂昂、仰首伸眉的阳刚之美，而是白白嫩嫩、弱不禁风的病态美，有的男人还搽起粉来，真可谓娘娘腔，其中潘岳正是一个世所公认的美男子。

潘岳的脸蛋十分俊俏，眼睛特别明亮，说话娇声娇气，走路扭扭捏捏，非常矫揉造作，充满了女人味道，晋朝的人迷他迷得要死，尤其是妇女们一听到“潘郎”二字，骨头都酥软了，魂儿都出了窍！

潘岳每回在洛阳上街，坐在车上，手上总挟着一个弹弓，那个模样既潇洒又英俊，妇女们简直为之疯狂，愈聚愈多，纷纷靠拢来看心目中的“白马王子”，到了后来，竟然手牵着手，围成一个圆圈儿，不让马车通行，以便好好看一个仔细。

除了看以外，这些妇女为了表达心中的爱慕之情，总是准备了许多水果，远远看到潘岳的车来了，就拿起水果纷纷往车里扔，因此，潘岳每回上街，无不满载水果而归，他自己也为此得意万分！

另外有一个人叫张载，容貌极为丑陋，大暴牙、凸眼睛，既黑又矮，教人看了，作呕三日，他每回出去，妇女都掩面而过，不但如此，小孩子们还拿着瓦石，一路追打：“这么难看还成吗？打死算了！”所以可怜的张载次次上街，都是落荒而逃。天下竟有如此不讲理之事。

潘岳，选自《萧山钱清北祠潘氏宗谱》。

潘岳除了容貌长得漂亮，他笔下辞藻更是美丽，尤其擅长为死人写追悼的哀诔（lěi）文。但是人美心不美，此人品德极差，热中富贵，是个拍马屁的能手。晋武帝司马炎在泰始年间曾亲自下田，司马炎并不是一个好皇帝，偶尔下田只是装模作样，表示皇帝重视农业而已，潘岳却以此为题，写了一篇赋，吹嘘捧拍了一番。

此篇歌功颂德的大作虽写得文情并茂，赢得了“才名冠世”的荣耀，却使得朝中大臣嫉恨不已，又不齿潘岳的为人，加以排挤，所以十年之中，他都没法巴结到一个小官。

后来，总算让潘岳勉强挤上一个小官位，他心里非常不满意，于是和石崇等人结为二十四友，专门逢迎贾谧（mì）。

贾谧是何许人？原来是晋惠帝的皇后贾后的哥哥，当时惠帝无能，大权都握在贾家兄妹手中，所以潘岳和以豪俊出名的石崇动起了贾谧的脑筋。

为了拍马屁，以潘岳为首等一干人，每次听说贾谧要外出，预先守候在道旁，远远看到车子来了立刻跪下去，等到马车“滴答、滴答”一路冲来，立刻迎着马蹄扬起的灰尘，恭恭敬敬在道旁磕头，一向最爱干净的美男子如今也顾不得肮脏了。

潘岳的母亲看到他撅着屁股，望尘下拜的丑态实在恶心，屡次劝他：“你其实用不着像奴才一般巴结贾谧。”潘岳不听，他有把握地说：“这一跪下去，将来的荣华富贵就不用愁了。”

可惜，事与愿违，潘岳如此低声下气的结果，并没有平步青云，因此他就写了一篇《闲居赋》，叹自己的无能，闲居在家。到了后代，我们常用“赋闲”二字代表一个人失去职业，没事做。

俗话说：“偷鸡不着蚀把米。”潘岳正是如此，拍贾谧的马屁拍了半天，一点儿好处也没有，不久，发生了“八王之乱”，等到赵王司马伦篡位以后，杀掉贾谧，潘岳也因此连带获罪，加上了谋反的罪名，他非常后悔，连连说：“我辜负了母亲，我辜负了母亲。”

到了刑场一看，他的老朋友石崇也五花大绑跪在地上，石崇说：“咦，怎么你也来了？”潘岳摇摇头，一颗泪珠滚了下来道：“这才是白首同所归啊。”

原来，潘岳曾写了一首诗谄媚石崇，其中有一句“白首同所归”，形容他俩友情坚固，“到了年纪大了，死也要死在一起”。果然一语成谶（chèn），两人死在一起。

说到这儿，我们发现一件有趣的事，在中国历史上，审美标准象征国运盛衰，像晋朝、宋朝标榜文弱，国势也一蹶不振。汉朝、唐朝讲究雄健之美，国威远播。我们现在有些男人喜欢作女人打扮，头发留得长长的，衣着打扮，举止神态，处处模仿女人，实在不是一种好现象。

针灸专家皇甫谧

近年来，中国传统的医术针灸大行其道，尤其它竟然可以代替开刀前的麻醉，很受国际医学界的重视，皇甫谧正是我国历史上一位杰出的针灸专家。

皇甫谧的曾祖父皇甫嵩是东汉末年攻打“黄巾”的名将，曾经做到了冀州牧，传到皇甫谧时，家道中落，由叔父抚养长大，穷得连买米的钱都成问题。

他小的时候不知学好，一直到了二十岁依然成天游游荡荡，邻居的小孩时常捉弄他，嘲笑他是个败家子，皇甫谧也不在意，扮个鬼脸又去玩儿了，因此左邻右舍常讥讽他，恐怕是个痴儿。

虽然喜欢游荡，皇甫谧倒还是个孝子。有一天，他偶尔得到一点瓜果，急忙捧回去孝敬叔母任氏，因为跑得太急，到门口时还摔了一大跤。

当皇甫谧满脸欣喜献上瓜果，兴奋地说：“尝尝看，您从来没有吃过这么甜的喔。”任氏的脸一沉，正眼也不瞧，伤心地说：“哎，你就是把牛、羊、猪三牲全搬了来，还是没有用，还是不孝顺。”说着，说着，任氏的眼泪一滴滴地流下。

满心讨好，却挨了一顿骂，皇甫谧懊恼极了，也委屈极了，眼泪扑簌簌地流。这一哭，却把皇甫谧哭醒了，觉悟到一个人必须有能力才能受到尊敬。

于是，从来不肯摸书本的皇甫谧开始拜乡人席坦为师，因为家里穷，缴不起学费，只好半工半读，一边读书，一边种田。

这一读，竟然读出兴味来了，发现书本中的许多道理都是以前没有看过、没有想过的，值得好好地研究。每次耕田耕得累了，抽出一点空当，他就迫不及待掏出书本，愉快地吟哦着，脸上浮着满意的笑容。

“皇甫谧。”邻家的伯伯走过来叫他，皇甫谧一心一意在书本中，充耳不闻。“皇甫谧。”伯伯狠狠拍了他一下肩，“怎么，没听见？”

皇甫谧“哦”的一下，抬起头来连忙道歉：“对不起，对不起，有什么事吗？”话没讲完，眼睛又溜回书本了，似乎书对他有无比的吸引力。伯伯看着他，叹口气走了，因为他太爱看书，邻居们给他一个外号——“书淫”。

“书淫”早也看书，晚也看书，连睡觉、吃饭的时间都舍不得，有人劝他：“你这样消耗精神会伤身体的。”皇甫谧也不管，笑着回答：“孔子说，一个人早上得道，懂得道理，晚上死了也甘心（朝闻道，夕死可矣），况且寿命长短本是天意！”

经过了十年的苦读，皇甫谧已成为远近驰名的大学者，连晋武帝司马炎都久仰大名，派人请他到朝廷为官。皇甫谧上了一个奏章，婉谢武帝的好意，说明自己志在研究学问报效国家，并且请求皇帝把宫廷里收藏的书借给他。

武帝倒也不为难皇甫谧，赐了一车的书给他看，皇甫谧如获至宝，看得更起劲了，自号为玄晏先生，过着隐士般的生活。

或许是读书太用功了吧，皇甫谧在四十岁左右就得了瘅（dān）湿症（中风），半身不遂，耳朵又重听，痛苦万分，先是服寒食散，药性不合，总是医不好。

俗话说得好，久病厌世，病久了，心情日渐灰暗，每次病发，皇甫谧都是又悲哀，又烦躁，难过得直掉眼泪。

“算了，算了，还活着干什么，长痛不如短痛，不如早死早好！”皇甫谧一时想不开，拿起利刃就往脖子上抹，幸亏他的叔母看到，急忙奔来一把抢过利刃：“你这是干什么？”阻止他自杀。

皇甫谧，佚名绘。

后来，皇甫谧遇到一位医师，医术高超，而且医德很好，极有耐性，从不发脾气，总是和颜悦色为他治疗，皇甫谧感动得不得了，不知如何报答。

由于身受其苦，皇甫谧深深了解一个人生病时身心的煎熬，引发了他对医学的兴趣，从此钻研医书，他对针灸——一种中国古传，按经脉用针刺，或是用艾叶熏灸的治病术大感好奇。原来人体中有许多穴道，针刺下去竟不会鲜血直流，也不会痛，而且能治病，简直妙透了，皇甫谧就以自己的病为临床，写出了许多心得，是为《甲乙经》。

《甲乙经》是中国针灸术的宝典，书中记载了针灸的理论、经穴的正确部位、操作的方法等，是中国历史上最伟大的针灸专书。

周处除三害

周处原是魏晋时代义兴地方上的恶霸，好勇斗狠，臂力惊人，他很小的时候父亲就去世了，家境并不差，但不务正业，每当周处大摇大摆地往街心一站，人们赶快缩着头急急避开，连商店也不声不响掩上了门。

他最喜欢骑着快马在原野上驰骋（chěng），经常为了追逐野兔，践踏良田，破坏了收成，如果谁向他索取赔偿，周处两脚一分，怒声一吼："你说什么？"吓得老实的农人回头就跑，因此，谁也不敢接近这个魔王。

在义兴地方，有些母亲哄孩子哭便吓道："周处来了！"小孩子一听到周处两个字，仿佛见到了鬼一般，大气也不敢出。周处对此得意万分，认为自己乃天下第一英雄也。

一天，周处打完了架，把个不自量力的家伙摔在地上以后，信步走向街头，看到有个白头发的老公公正在长长地叹气："哎，我们义兴县好苦啊!"

"怎么会呢？"周处奇怪地问，"义兴县物产富饶，今年收成又好，苦什么？苦个屁！"

老头慢慢地一摇头道："啊，年轻人你不晓得，我们义兴县出了三害，就是收成再好，也快乐不起来。"

"有这种事!"周处搬了一块石头坐下，很有兴趣地问着，"哪三害啊?"

“嗯，第一害是南山有个白额头的老虎，第二害是长桥底下的大蛟，时常危害老百姓的生命，第三害嘛，第三害不是牲畜，是……”老公公咽了一口口水，很吃力地说，“是，是一个人，比猛虎、大蛟还要恐怖。”

“是谁？待我教训教训他。”周处说着抡起了拳头，摆出一个要揍人的姿势，“快说啊。”

“我不敢说，说了我会没命。”老公公说。

“有我在，谁敢欺侮你？你说那第三害的人是谁，我保证你的安全。”周处大声吼道。

“好，好，我说。”老公公东张西望，看看四周没有人，才对周处说，“他名叫周处。”

“什么？”周处听到老公公说第三害竟是自己，就像遭雷击一样，呆住了，动也不动。

“你也害怕了吧！”老公公拍拍周处的肩膀，安慰着，“别怕，没有人知道，我也不会说出去。”

周处很痛苦地摇着头，老公公诧异地问：“你怎么了？”

“没事。”周处做了几次深呼吸，慢慢地镇定下来。

“请问你贵姓大名？”老公公和蔼地问。

“我……”周处几乎说不出话来，他用从来没有过的细微声音，低着头说，“我就是周处。”

“哎呀！壮士饶命呀！”老公公脸色苍白，双膝一软就跪了下去，“是我多嘴，请壮士开恩饶命！”

周处只觉得遭到了电击，脑袋嗡嗡作响，他一直以为人家怕他，是尊敬他，把他当英雄崇拜，没想到自己竟和猛虎、大蛟般讨人厌。

“请快起来。”周处轻轻一提，就把老公公扶了起来，他握住了老公公的手，羞愧地说，“谢谢你告诉我，我一点儿也不怪你，我从小没有父母，家里有几个钱，却没有好好受过教育，也没有人告诉我怎么做人，我只觉得别人怕我，我就很神气，自己好像是个英雄。”

“英雄？”老公公神情严肃地对周处说，“年轻人，你错了，英雄是要为国家社会做有益的事，让大家尊敬你。如果逞强好斗、仗势欺人，让大家怕你，那不是英雄，那是社会的害虫。”

“我从来没有想到这些，我也有羞耻之心，我不愿意成为三害之一，我一定要让大家改变对我的看法。”

于是，周处提起了弓箭，走向了南山，一箭射去，刚好射中了猛虎白色的前额，然后把死老虎拖下山来，放在大街展览，让人们知道一害已除。周处拍一拍手，脱去上衣，带着钢刀，纵身一跳，跳下长桥。庞大凶悍的水怪巨蛟相当厉害，张着锐利的钢牙扑向周处，周处一偏身，巨蛟扑了个空，愤怒地再向周处袭来，这一场生死之斗足足拼了三天三夜，长桥下的河水一片鲜红，人们猜想人蛟一定是同归于尽了，欢呼叫好声不绝于耳。

周处入水杀蛟，选自《马骀画宝》。

当周处满身伤痕从水中爬上来，远远听到有人高叫：“三害已除，周处已死，万岁。”周处心中难过极了，他颓丧地倒了下来，一遍又一遍地想着：“我拼了性命为百姓除害，却换来了百姓为我死而庆贺，这算什么呢？”如果在以前，他早就提着大刀，把这些忘恩负义的混蛋杀个精光，但现在，周处只觉得浑身乏力，只想痛哭一场。

“别难过，年轻人。”不知何时老公公又走到周处身旁，“原谅他们吧，他们不了解你的苦心，真正的英雄是为自己负责的，义兴的父老对你的成见太深，你还是离开吧。”

周处望着老公公叹了一口气说道：“老先生，我不会和他们计较，这是我以前做坏事的报应。不过，看这种情形，我不能留在义兴了。”

“离开义兴也好。”老公公站了起来，拍一拍周处的肩膀，“不过，年轻人，你千万不要气馁（něi），不要消沉，你还年轻，努力求学，好好做人。你要记住，一个被人人害怕的人不是英雄，一个受人尊敬的人才是英雄。”

“谢谢你，老先生，我会永远记住你的话。”周处用感激的眼光看着老公公，深深地作了一个揖，迈开大步走向城外。

虽然起步迟了一些，但勤能补拙，几年下来，周处竟成为一位知名的学者，而且受了书本的熏陶，再也不是当年凶狠的流氓了。

不久，周处被任命为新平太守，新平是边疆地区，有许多羌人，他恩威并用，软硬兼施使百姓心悦诚服，又捡郊外无主的死人骸骨加以埋葬，当年杀人不眨眼的魔王变成了菩萨心肠。以后，外族酋长齐万年作乱，朝廷臣子厌恶周处过分正直，建议周处去讨伐，周处以五千兵马，力战七万敌军，终于寡不敌众，壮烈成仁。

周处除了武功高强，还写了《默语》三十篇及《风土记》，并且撰辑《吴书》，这是很少人知道的。一个恶霸地头蛇，转变为允文允武的国家栋梁，可见得“放下屠刀，立地成佛”不是做不到的事。

晋武帝君臣生活腐化

在中国历史上，开国创业帝王都是励精图治的君主，才能推翻前一个朝代，建立一个新的政权。同时因为他们生自民间，了解老百姓的痛苦，因此当上皇帝以后，能体恤一般大众，例如汉朝的开国君主刘邦。不过也有开国君主是荒唐的，例如晋武帝。

晋武帝司马炎虽说是晋朝第一个开国皇帝，然而他是继承祖父司马懿、伯父司马师和父亲司马昭已建立的权势，本人并没有多大才能，而且是我国历史上有名的好色奢侈的帝王，因此晋朝一开国马上出现根基不稳的现象。

武帝后宫的佳丽本来已经很多，但是他还不满足，想要一网打尽天下美女，供他一人享受。于是在泰始九年（273 年）、十年（274 年），大选嫔妃，下诏良家及小将吏女五千人入宫。

在中国古代，一般的妃嫔命运相当凄惨，虽然吃、穿、享受都是第一流的，可是住在后宫里，冷冷清清像冰窖般，没有亲人、没有朋友、没有任何感情生活，而且稍不小心卷入政争中，随时都有杀身之祸。

凡是被挑选入宫的美女，不但她自己伤心，家里的人更是痛心疾首。在入宫的那天，到处看见母女抱头痛哭，那一片哭声真是惊天动地，使人听了不禁泪下。

最后，管事的在赶人了：“好了，好了，你们可以走了。”这些哀伤的母亲不得不忍痛离开，个个都是红肿着一双眼，频频回头，恋恋不舍，这一相别，很可能一辈子再也见不着女儿一面。

总共加起来，武帝后宫的佳丽近于万人之多，一个人哪儿消受得了呢？就算他一天找一个，一年也不过三百六十五天，也只能找三百六十五个妃嫔啊！

所以大多数被选入宫的女子可能一辈子都见不到皇帝一面，只能孤孤单单老死宫中。如果皇帝能来自己的住处，相聚一夜，或许讨得皇帝欢喜，皇帝就会常来，成为皇帝的宠妃，那么身价就不一样了。这样，凡是进宫的女子莫不希望皇帝有一天会临幸自己的住处。

数以万计的美女，看得武帝眼花缭乱，各有各的风姿，每天晚上该到哪一位美女的住所去，常令晋武帝决定不下，终于，武帝想出一条妙计：“不如叫我这只羊儿来帮我选美人儿。”

于是，武帝闭目养神坐在羊车上，任凭羊儿在宫中乱走，走在谁的宫前，他就选中谁当玩伴，好像猜谜一般，武帝觉得好玩极了。

晋武帝乘羊车游幸后宫，选自明刊本《帝鉴图说》。

于是，有一个聪明的女子想出一个引诱羊儿的办法，她知道羊儿喜欢吃嫩嫩的竹叶，于是在自己住所的附近路上插竹枝条。果然，羊儿就为了吃竹叶而到了这女子的住所。

不过，这一个办法很快被其他宫人知道了，也就纷纷插起竹枝，一时之间，内宫到处是竹条，于是，用竹条引诱羊儿的办法就失灵了。

另一个聪明的宫人又想到一个办法，她在自己住所的路上撒了细盐，羊儿喜欢盐味，低着头舔盐，就能把羊车引来。果然，这一招也有效，羊儿真的来了。不过，这办法并没有获得专利权，别的宫人也跟着撒盐，弄得内宫里到处全是盐。

武帝后宫财产丰积，室宇宏丽，厨房里的山珍海味，奢侈浪费，那是不在话下。他的大臣们也学着讲究铺张排场，而且彼此还以“富有”互相比赛，其中王恺（kǎi）、石崇两人比得最凶。王恺曾用紫纱布做了四十里长的屏障，夸耀他的富有。石崇不甘示弱，用上好的锦做了五十里长的屏障。

石崇每次请客，一道菜接着一道菜上个不完，王恺更过分，他派了许多美人劝酒，如果客人不喝一个痛快，王恺就要杀死在旁伺候的美人，为了救人一命，王恺的客人还非纵酒醉倒不可哩！

武帝对大臣们的比赛浪费，非但不劝阻，反而凑上一脚起哄。他比较喜欢王恺，就送王恺一株二尺高的珊瑚树，枝叶扶疏非常漂亮。王恺很高兴，自言自语道：“这是世上罕见的，待我拿去给石崇看，他看了恐怕眼珠都要掉出来喔！”

石崇一看那二尺高的珊瑚，拿起铁如意“当”地一下，把珊瑚敲成碎碎片片。

王恺一下看呆了，又伤心，又气愤，厉声地指责：“你妒忌也不可如此！”话还没说完，石崇派人拿了四株珊瑚来，光彩耀目，红得发亮，神气地说：“没什么好遗憾的，这些还你！”果然，这几株比武帝赐的更胜三分。

武帝面前有一个叫何曾的大臣，也是家财万贯。何曾自家每天菜钱一万，他吃饭时还挑剔地说：“这些菜，简直没有让我下筷子的地方嘛！”可见得在上位的人，不能以身作则，下面的人一定跟着学坏，而且更坏。因此，晋朝一开国，就已隐含了重大的危机。

晋武帝选错儿媳妇

晋武帝司马炎对他的太子——司马衷头疼极了，司马衷呆呆傻傻，又騃（ái，傻）又痴，实在不适合作为一国之君。因此在司马衷十三岁的时候，武帝便积极为他物色媳妇，希望挑一位能干贤慧的内助，帮助司马衷治理天下（司马衷是日后的惠帝）。

太子要娶妻的消息传出后，朝廷里上上下下议论纷纷，许多家里有女儿的都跃跃欲试，希望能高攀这门亲事，其中最有兴趣又最热中的，要数贾充了。这是有原因的……

贾充是晋朝朝廷里一个阴险狡猾的官儿，平素与任恺等不合，因而任恺等向晋武帝推荐贾充到西北出任秦、凉二州的都督。由于从汉朝以来，投降中国的胡人，散居在边境四周，他们一方面为中国所同化，另一方面仍保有强悍的本性。贾充很怕这些胡人，万分不想去就任。

临上任前，贾充的亲朋好友为他在夕阳亭举行饯别宴。贾充在宴席上唉声叹气不已，扯着中书监荀勖（xù）的衣袖道："我实在不想去，可是又不得不去，唉，真是痛苦万分。"

"你身为宰相，竟然被人玩弄于股掌之上，岂不可耻？"荀勖替贾充抱不平。

"难道你有什么妙计可以让我免掉这趟差事？"贾充一听十分喜悦，站起来向荀勖深深一作揖。

荀勖说："如今皇帝正在为太子物色婚事，如果攀上这门亲事，要走也走不成了！”

“对啊！”贾充一听，茅塞顿开，积极展开提亲的事。

在众多的应选人中，晋武帝选中了两个女孩子——贾充的女儿和卫瓘（guàn）的女儿。那是因为这两个女孩的家世好，她们的父亲都是武帝信任的大臣。

但是，晋武帝派人打听的结果，贾充的女儿竟然有“五不可”：个性妒忌、命中少子、面貌丑陋、身材短小、皮肤粗黑，简直糟糕透顶。

倒是另外一位大将军卫瓘的女儿，颇能当得起“母仪天下”的美名（古人以为皇后就是天下妇女的模范），她有“五可”，适于嫁给太子：个性贤慧、有宜男之相（预料会生儿子）、容貌秀美、身材修长、皮肤细白，是为“五可”。

以“五可”对抗“五不可”，理所当然应该是卫家女儿中选。不料贾充的太太郭氏相当厉害，运用金钱攻势，买通了皇帝左右。于是个个都夸贾充的女儿秀丽端庄，才貌兼备，再适合做皇后不过了。

这下子倒把武帝搅糊涂了，不晓得到底该听谁的话才好，于是他就把与贾家相熟的荀勖找来，一问究竟。

“贾家的女儿你是见过的，听说她不但长相难看，而且性情刚烈，气量狭小，有无此事？”

“哪有这话？”撮合贾女与太子联姻本来是荀勖的主意，他当然不会在皇帝面前讲真话，少不得把贾氏大大赞美了一番，说她不但容貌好、气质好，而且知书达礼，贤淑能干。

晋武帝怀疑道：“那我派出的人怎么都说她有‘五不可’？”

“这还不是有人和贾充作对，故意和他为难吗？名门闺秀，怎么可能像他们所糟蹋的这般不堪？”荀勖又加重语气道，“没想到谣言如此可怕！”

贾后交际城中美少年，选自《东西晋演义》。

既然荀勖说“五不可”是谣言，于是武帝便选中了贾家的女孩，接着武帝就兴冲冲地开始办喜事。太子娶亲可比不得寻常百姓家，筹备就足足筹备了半年。贾氏选为太子妻，贾充这个老丈人当然不能远离京师。不多久，朝廷下命令，命贾充暂留宫中，暂缓上任。这件事就不了了之。贾充果然逃过了赴西北这件差事。

第二年，泰始八年（272 年）二月，红烛高悬，敲锣打鼓，热热闹闹把贾氏迎入宫中，等到拜过了天地，太子掀开盖头一看，吓，不得了，非但就像别人说的矮小短丑，而且皮肤黑得像给炭烤过一般。最可怕的还是贾氏眼中那冷酷的眼神，仿佛要把人吃下去一样，是个不折不扣的母夜叉。

司马衷本来就愚笨胆小，一看到贾氏的庐山真面目，吓得拔腿就跑，大叫：“救命！”贾氏一声：“回来！”司马衷两腿发麻，瘫了下来，一回头看到贾氏的尊容，她生气起来脸孔愈发丑陋，而且扭曲成一团，再加上贾氏本来就比司马衷大了两岁，司马衷愈发不敢动弹，吓得像被捉住的蝉一般发抖。

从此，贾氏就牢牢控制了司马衷的一切。司马衷继为惠帝后，贾氏成为皇后，日益泼辣，不仅凶悍，还在外乱交男朋友，更因为她的胡作非为，种下了八王之乱的祸根，造成了西晋的灭亡。

杨皇后与小杨皇后

晋武帝的皇后杨氏，聪慧善书，姿质美丽，而且长于针线女红（gōng），很得武帝的疼爱。她所生的太子司马衷却愚痴呆笨，武帝屡次想废太子，都被杨皇后所阻止。后来，为了替太子找位贤内助，武帝提前为他完婚，又因为杨皇后等人的怂恿，娶了貌丑心恶的贾氏，真是一错再错。

杨皇后的身体很差，时常生病，在泰始十年（274 年）的初秋，冷风一吹，她又病倒在明光殿中，延请了各方名医诊治，始终不见起色，杨皇后自宫女口中得知，武帝新宠一位美人胡夫人，她很担心自己死以后，武帝立胡夫人为皇后，这样一来，太子衷的地位就不保了。

因此，当武帝到榻前慰问病情时，杨皇后虚弱地枕在武帝膝前，吃力地抬起头道："妾死不足以悲，只是有件事，希望陛下能答应妾的请求。"

武帝当时心乱如麻，眼看着一个娇艳的美人儿，病得两眼深凹，不要说是一件请求，就是十件、百件也都会答应，含着泪不断点头。

杨皇后说："我叔叔杨骏的女儿，也就是我的堂妹，德容兼备，希望我死后，陛下立她为后，这样妾死也瞑目了。"说完，呜咽不止，武帝也不禁放声大哭，紧紧地握着杨皇后的手，表示绝不负约。杨皇后两眼一闭，死在武帝的膝上，死时才三十七岁。

杨皇后去世后，武帝果然把杨骏的女儿立为皇后，人称小杨皇后。小杨皇后非常漂亮，又德行婉顺，武帝就把对杨皇后的思念全投入对小杨皇后的爱宠中。

此时，太子妃贾氏渐渐露出了阴险的面目，由于她不能生育，非常嫉恨其他嫔妃怀孕，有一次贾氏发现太子宫中的一个宫女大腹便便，她一火，拿着斧戟（jǐ）就扔过去，那位怀了孕的宫女随刃倒地，肚子里的小孩当然也死了。如此这般，竟然一连杀了几个怀有身孕的宫女。

武帝听了消息大为震怒，立刻下令修筑金墉城冷宫，准备把贾氏打入冷宫。小杨皇后在一旁说情："贾氏的父亲对国家有贡献，请看贾充的面子原谅她吧，何况贾氏年轻，难免嫉妒心理重，长大一点，自然会懂事。"武帝一向优柔寡断，又宠爱小杨皇后，此时也不再坚持。

晋武帝司马炎，唐阎立本绘。

当然，小杨皇后少不得把贾氏训了一顿，贾氏非但不领小杨皇后为她开罪的恩情，反而把黑嘴唇翘得高高的，气愤不已，还以为是小杨皇后在武帝面前打的小报告哩。

小杨皇后虽然很有美德，她的父亲——杨骏可不一样了。自从女儿封后了以后，杨骏做到了车骑将军，封临晋侯。朝中一些有先见的大臣纷纷以为不可，但是武帝依旧让杨骏享高位，任凭杨骏作威作福。

不久，武帝染上重病，当年的佐命功臣都已去世。杨骏斥退群臣，一手遮天，朝中一切政令都出自杨骏的手，他又擅自更换公卿大臣，一个一个都换为自己的心腹，有人有意见，杨骏立刻怒喝一声："这是皇帝交办的！"谁也没可奈何。

武帝成天都昏昏沉沉不省人事。一天，忽然回光返照睁开了眼睛，一看全换上了猥猥琐琐不像样的臣子，气得大骂杨骏："你怎么可以如此胡来？"立刻下诏命汝南王司马亮入宫来辅王室。

杨骏一面叩头谢恩："是，是，是。"一面退出门外。他很担心汝南王司马亮来了以后，他就没法控制一切，因此杨骏便对中书监华廙（yì）说："刚才皇帝下的诏书，请拿来借我看一看。"

谁知华廙把诏书拿给他以后，杨骏竟带回家，把诏书偷偷藏起来。华廙着急得要命，第二天一大早亲自上门来索，杨骏居然说："什么诏书？我没有看到啊！"

明明知道杨骏狡赖，华廙一点办法也没有，既不能用强力夺回，也不能到处嚷嚷杨骏抢了诏书，何况自己身为中书监，怎可如此不小心，华廙简直快急疯了。

正在此时，武帝不行了，勉强睁开眼皮道："汝南王来了吗？"当然没有。于是，小杨皇后请奏以杨骏为辅政，武帝也只好点头答应。不久长叹一声而死，享年五十五岁。

国不可一日无君，傻呆的太子衷即位为皇帝——是为惠帝。阴险的贾氏正式成为贾皇后，三十三岁的小杨皇后升为皇太后。

贾后与八王之乱

在上一回《杨皇后与小杨皇后》之中，曾说到晋武帝临终时遗诏，由杨皇后的父亲杨骏和汝南王司马亮共同辅政。结果，杨骏故意隐藏了武帝的诏书，一手把持天下。

杨骏也晓得自己无才无德，又没有威望，实在没什么人愿意信服。他为了收买人心，就要到处封官加爵。武帝刚去世不久，皇帝大崩，向来是全国戴孝的，于是有人劝阻杨骏："古来哪有帝王去世，臣下论功加封的呢？"杨骏不听，朝廷上下乱成一团。

晋惠帝司马衷本来就傻傻愣愣的，当了皇帝，大权旁落，他不生气也不在意，可是他的妻子贾后却不能忍耐了。

贾后一向对政治抱有浓厚的兴趣，但上有杨太后，下有杨骏，她插不进手，因此把杨家父女视为眼中钉，肉中刺。最后，贾后的凶脑筋动到了联合楚王司马玮的身上。

于是，年少气盛，暴戾（lì）凶狠，驻守荆州的楚王玮（wěi），勾结了宦官，以杨骏谋反为名义，发动了政变。

杨骏得到宫廷内变的消息，十分紧张，召集同党开会讨论。有人建议："放火把宫中云龙门给烧了，然后趁闹哄哄的时候，拥立皇太子为帝，不怕对付不了。"

平常一向阴狠的杨骏迟疑了半天，嗫嚅（niè rú）地说："魏明帝造此宫，花了不少钱，烧掉不太好吧。"正在这时，大兵涌入，杨骏府中烧起熊熊大火，各个阁楼上都站满了神射手，对准大门，拉满弓矢，等着杨家的人去送死。杨骏无处可逃，竟然躲入马厩（jiù），惨死在乱刀之下。

贾后恐怕杨太后会设法营救父亲杨骏，命人日夜守候在太后宫外。果然，不久贾后的心腹发现太后从宫中射出一卷帛书，上面写着“救太傅者有赏”，贾后就以此作为“太后与杨骏同谋反”的证据，把婆婆杨太后关入了大牢，废为庶人（庶人是平常的百姓之意）。

当年，贾后善妒，晋武帝准备将她打入冷宫——金墉城。后来因为杨太后的说情才饶了贾后，贾后非但不知感恩，如今竟把杨太后打入了金墉城。

即便如此，心肠恶毒的贾后还不肯罢休，连杨太后的母亲庞氏也不肯放过。杨太后哭着跪下来向贾后求情，甚且以太后之尊称自己为“妾”，贾后依旧杀掉了白发皤皤（pó）的庞氏。

杨太后被关进了金墉城，最初贾后还拨了十几个侍婢供她使唤。以后贾后撤销了侍女，连日常膳食也中断了，可怜的杨太后活活被饿死，死时才三十四岁。贾后坏事做多了，难免疑神疑鬼，她老是担心，杨太后会向阴间的晋武帝诉冤，那么，晋武帝的鬼魂会来找贾后算账。所以贾后从巫婆那儿弄来符咒、药物盖在杨太后的尸体上。

这一次贾后发动的政变死了数千人之多，当时有一个太学生听说恶媳妇逼死婆婆的事后，长叹一声：“哎！世界无道，怕要天下大乱了。”

果然，贾后前与楚王司马玮合谋杀了杨骏，一不做二不休，又合谋杀了汝南王司马亮，然后，贾后反过来把楚王司马玮杀掉。此时赵王司马伦不满意贾后，也出兵为乱，攻入京城，杀掉了贾后。

此后乱事愈牵扯愈多，从贾后杀掉杨骏（元康元年，291 年）到东海王司马越被杀（永嘉五年，311 年），整整二十年间司马氏兄弟互相砍杀，史称“八王之乱”，其实绝不止八王，这八个只是比较重要的。

为什么晋初的“八王之乱”骨肉相残会演变得这样惨呢?原来晋武帝初得天下的时候，东吴没有平定，再加上领土广大，交通不便，晋武帝大封同姓子弟为王，给他们土地、人民、甲兵，希望这些宗室能作为朝廷的屏障，万万没有料到兄弟们竟依仗着雄厚的力量火并。

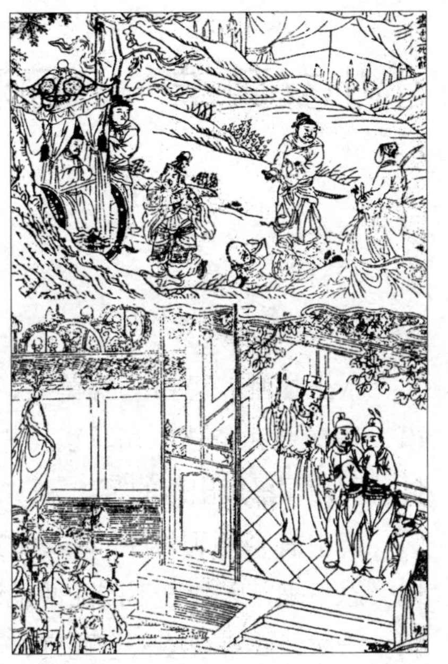
八王之乱，选自《东西晋演义》。

自从八王之乱开始，西北的羌人也不安定，同时又连年发生水灾，老百姓的生活痛苦不堪，晋惠帝还是不改他的昏愚。

有一天，一个臣子向他报告百姓饿死，甚至人吃人的惨事，他摇着头说：“可怜哟，许多人已好久没有尝过米饭的味道了。”

“哦?没有饭吃?”惠帝奇怪地问，“他们为什么不去吃肉糜(就是肉丸子)?”

晋惠帝平日最好吃肉糜，所以才有此一问。他哪里晓得，一般百姓逢年过节才有点肉丝可塞牙缝，现在闹饥荒，能活下去就不错了，怎么还敢想吃肉?这也说明晋惠帝生在深宫中，根本不明白百姓的疾苦。

惠帝就是如此痴呆。难怪晋朝才传到第二代，交到他手里，国家元气已大伤了。从八王之乱的故事我们发现，中国人说“家齐而后国治”是很有道理的，晋朝皇帝的家务一塌糊涂，儿子呆笨，媳妇乱来，宗室跋扈，国家难怪一蹶(jué)不振。

小小女英雄——荀灌

八王之乱，惠帝一筹莫展，百姓痛苦万分，这些都是意料中事，早在晋武帝选中司马衷（惠帝）为太子时，朝臣们已忧心忡忡，因为司马衷出奇的笨。

其中有个叫卫瓘（guàn）的大臣几次想上奏废太子，话到口边又忍下来，因为这不能随便乱讲的，搞得不好，脑袋可要搬家的啊。一次，武帝在凌云台赐宴，宴会完毕，卫瓘假装喝醉了，跪在武帝的床前说："臣有话禀奏。"

武帝问："你想说什么啊？""我……我……"卫瓘一连说了三次，还是不敢说。最后，用手抚着龙床道："这张床可惜了。"

武帝一听，心里自然有数，担心卫瓘再讲下去不好看，连忙喝止道："你恐怕酒喝多了吧？"卫瓘从此不敢再提废太子的事。

惠帝即位以后，果然不是一块当君王的材料，再加上连年旱灾，蝗虫为虐，到处闹饥荒，到了人吃人的地步，许多父母养不起小孩，只有忍痛卖掉。惠帝元康七年（297 年）竟下了一道诏令："骨肉相卖者不禁。"就是准许父母出卖自己的子女。

一些灾荒特别严重地区的居民，只有弃家逃难，可是邻近地区的光景也不好，只有逃亡到更远的地方。当他们初离本土之时，身上或许还带有少许钱财，经过几次逃亡以后，口袋里空空如也，老的、弱的禁不起辗转流离之苦，一个一个死了，留下年轻力壮的，没有了生路，加上满肚子的怨气，只有当土匪。

中国人向来爱好和平，在太平盛世谁都不愿当盗贼。而且我们自古有个观念，看重“家世清白”，一个人再穷都没有关系，人穷志不穷。可是，万一哪家出了一个土匪，表示家世不清白，将会祸延子孙，被人瞧不起，这也是维系社会安定的一个力量。

如今，晋初的饥民可说是被逼上梁山，家里的人饿死了，自己也不容易活下去，于是，只好丢弃“祸延子孙”的想法，把心一横，当盗贼去了，到处攻城剽（piāo）邑，杀人放火。

到了后来，盗贼的势力愈来愈大，全国各地都不安宁。襄城是古来比较富庶之区，自然也是盗贼心目中的好目标。有个姓曾的强盗，把襄城团团围住。

当时襄城太守荀嵩，是晋初有名望的读书人，他率领官员百姓死守城池已有数月之久，眼看着粮食马上要吃光了，城外的盗贼仍虎视眈眈，心里头很着急。

于是，荀嵩召集襄城的文武官员开会商讨，讨论来、讨论去，大伙儿皱着眉头，大眼瞪着小眼，一片茫然。

“有了！”荀嵩说，“我有一个朋友，名叫石览，驻守在大约一百里外的地方，如果向他求援，我想他会答应的。”

“那么谁去送这个消息呢？”其中有一个官员发问道。

立刻有人接口道：“对啊，一出城门，外面就是土匪，岂不是死路一条，太危险了。”

“是啊，太危险了！”众人都缩着头，大厅上又呈现一片死气沉沉。

“没有自告奋勇的人吗？”荀嵩向大家发问。没有人回答，四周静悄悄的，襄城的命运实在危险。

忽然，从大厅后面窜出一个女孩，拉着荀嵩的衣袖说：“爸爸，没有旁人去，不如我去！”

所有的文武官吏都瞪大了眼睛。

晋代女俑，江苏省南京市出土。

“灌儿，不许胡闹，我们在谈正经事。”荀嵩严肃地呵斥。

“我才不胡闹，我愿意出城向石伯父求援。”荀灌双手叉着腰，帅气十足。

文武官员交头接耳，议论纷纷。有一个人高声反对：“向石将军求援是件大事，我们岂能把全城性命交给一个十三岁的小女孩？”

“好，我不去。”荀灌也提高了声音，“你们谁愿意去，赶快站出来。你们个个都不敢去，又不相信我，那么，只有等土匪攻破襄阳，谁也活不了。”

“各位，”荀嵩下了决定，“灌儿说得也有理，事到如今，我们不能束手待毙，只能让灌儿一试了。”

于是，这天夜晚，荀灌穿了紧身黑色劲装，带了刀箭，准备出发。荀嵩交代：“这是给石览将军的信，千万藏妥，一切小心。我挑了几十名壮士随你突围，你好自为之。”

“爸爸放心。”荀灌叩了三个响头，坚毅地说，“等我的好消息。”

“灌儿，”荀嵩眼眶湿了，“我真是舍不得让你去冒险，你要记着，别逞强，小心保护自己。”

“孩儿会牢牢记着。”

荀灌不敢再看父亲依依不舍的表情，快步上马，勇往直前。

她带领几十名勇士，希望趁着黑夜，避开匪徒的包围。可惜，一出门，匪徒立刻发现，双方展开激战，战斗之中，荀灌带去的勇士牺牲了不少。

荀灌年纪小，行动快，由于她平日喜欢骑快马，又对附近地形十分熟悉，一溜烟地逃入鲁阳山，甩掉了匪徒的跟踪。

荀灌翻山越岭，快马加鞭，终于到达石览将军的基地，呈递了求救信。

石览对荀灌说："我愿意帮忙，可是兵力不足，得请南中郎将周访协助。"

"我用家父的名义向周伯伯求援。"荀灌允文允武，立刻濡（rú）笔写信。

周访接到快信，命儿子周抚带三千人马与石览的兵力会合，共同营救襄城。

土匪听说了消息，自知不敌，没等到大军前来，自动撤退了襄城附近的队伍。

石览与荀灌神气地骑马入城，襄城百姓都围在城门，瞻仰这漂亮的小小女英雄。

荀嵩热情地握着石览的手："谢谢石兄搭救。"

石览笑道："该谢谢你的宝贝女儿。"

荀嵩嘉许地摸摸荀灌的头："灌儿真勇敢。"

永嘉之祸与祖逖

八王之乱，是中国历史上封建宗室之乱中规模最大、时间最久、牵涉最广的一次骨肉之祸，整整大闹了二十年，中央和地方的政治及社会秩序完全破坏。其间，胡族势力乘机扩大，相继为祸中原。其中势力最大的是匈奴、鲜卑、羯、氐、羌等五族，史称“五胡乱华”。

西晋政治败坏，壮大的胡人乘机作乱。永嘉五年（311 年），匈奴兵攻进了首都洛阳，俘虏了晋怀帝（惠帝已被东海王司马越毒死，怀帝是他的弟弟）。匈奴兵杀了太子、诸王、百官达三万人之多，造成历史上的惨剧，历史上称之为“永嘉之祸”。

晋怀帝被俘虏了以后，有一天，匈奴王刘聪在光极殿请客，命怀帝穿着百姓的破旧青衣，一一为客人斟酒。晋朝的旧臣庾岷（yǔ mín）等看了心酸，悲愤得嚎啕大哭，使得刘聪非常厌恶。哭声表示人们心目中还思念晋朝，万一日后再拥立怀帝就不妙了，因此刘聪一不做二不休，杀掉了怀帝及庾岷等人。

怀帝被杀以后，晋朝的臣子拥立愍（mǐn）帝在长安即位，不久也被匈奴击败，西晋就正式灭亡了。这时西晋大批的贵族、百姓，纷纷迁往江东，造成一次民族大迁移，历史上称之为“衣冠南渡”。

竹林七贤的放荡作风是西晋人所羡慕的，这七个人虽然在西晋时代都已死去，他们留下来的颓败风俗却随着名流渡江而南下。因此当琅琊王司马睿（ruì，晋元帝）在建业（今江苏省南京市）建立东晋时，已注定了东晋失败的命运。

东晋的士大夫放荡纵欲，没有责任感，却自以为清高脱俗，但在乱世之中竟也有爱国的“俗人”——祖逖（tì）。

祖逖小时候家里环境很不错，祖上留有不少田财，他为人慷慨大方，极关心乡里贫苦的邻居，经常拿出稻谷衣帛周济贫苦，深得乡党同族的敬重。

长大以后，祖逖博览书籍，时常往来京师之间，看到他的人都说他英气勃勃，日后当有一番作为。

祖逖和刘琨（kūn）都是司州主簿，两人很谈得来。当时的年轻人在一起都喜欢说些玄妙的怪理，研究如何使皮肤白嫩的妙法，完全一派娘娘腔。祖逖和刘琨可不，他们具有男子气概，经常讨论国家大事，对世局的混乱非常忧心。

一天，他俩同被共寝，忽然听到荒野中传来“喔喔”鸡鸣，祖逖一脚踢开了棉被，叫醒刘琨：“起来吧，让我们来练练身体，以备日后报国之用。”

于是，他二人拿着剑，对着寒风，起劲地舞起来。从此天还未亮，只要公鸡一叫，他们便闻鸡起舞，有人笑他们：“神经病，在被窝里多待一会不好吗？”庸碌凡俗的人怎能了

祖逖，清周慕桥绘。

解他二人的雄心壮志?

过了不久，京师大乱，祖逖率领了数百家亲戚朋友往淮泗避难，一路上祖逖把车马都让给同行老弱，自己徒步而行；药材、衣物、粮草也毫不吝啬地与众人分享，大家感激得说不出话来。逃难途中遇到不少土匪，祖逖都好心地收留他们，待他们像子弟一般亲切。许多人不以为然，警告祖逖：“当心这会损害你的名誉！”祖逖完全不以为意，他说：“土匪也是被逼的，他们又何尝愿意当土匪？”

这时候，琅玡王司马睿刚在江南即位，他就是晋元帝。晋元帝的得位，完全是时势所造成的，依靠祖宗的门荫而得到的，能保命已经不错了，哪儿还想得到北伐统一？

祖逖本着一腔热忱对晋元帝说：“西晋的灭亡，并不是由于君主的暴虐引起人民的反叛，而是因为诸王彼此相斗，使得戎狄乘机而入。现在北方的人民都不满胡人的统治，如果皇上让我为统帅，率兵北伐，我相信一定可以一雪国耻！”

一方面晋元帝根本没有北伐心意，他只想偏安江南；另一方面过江的百姓没有报户口，政府没法子抽税，租税是随意乐捐，也找不到壮丁当兵。财政困难加上军队缺乏，晋元帝只得任命祖逖为豫州刺史，勉强给了祖逖一千人的粮食，三千匹布，也不给铠仗，让他自己去设法。

换了别人可能知难而退，但祖逖是一个有毅力的人，他率领了家乡部曲渡江北上，船开了一半，祖逖拿着楫（jí）敲击船舷发誓说：“祖逖要是不能清中原得到胜利，那我便如江水一去不返。”表现了视死如归的精神。同伴们也知此去是明知不可能成功，还要拼死一战，个个都慨叹不已。

祖逖渡过长江，在黄河以南与羯（jié）族领袖石勒发生激烈战争，由于祖逖获得河南地区许多坞（wù）堡主人的拥护，他的势力逐渐扩大。

所谓坞堡是五胡乱华之时，晋室南迁，留在长江以北的汉人，为了自保，不被胡人杀戮，而建筑的防御性的城堡，坞堡内有自己训练的军队，也从事粮食生产，所以很有力量。

陶坞堡，广州东郊东汉墓出土，中国历史博物馆藏。

黄河以南的地区大部分被祖逖收复。石勒也很佩服祖逖的领导能力，特别下令替祖逖的母亲修墓（祖逖的老家被石勒控制）。

祖逖整军经武，安抚百姓，和胡族苦战了八年，战果辉煌，正准备挥兵渡过黄河，继续北伐，不料，晋元帝忽然派遣戴渊为都督，坐镇淮阴，命令祖逖要受戴渊指挥。戴渊在江南虽有名望，但完全没有军事能力，更没有积极进取的企图，祖逖觉得十分失望。同时，又听说京师（南京）之内大臣不和，明争暗斗，恐怕会变成内乱，祖逖身在前线，忧心忡忡。

在焦虑煎熬之下，祖逖生了重病。祖逖自知不久于人世，望天长叹："我正准备渡过黄河，收复河北，老天爷却要我死，真是不保佑我们国家啊。"

不久，祖逖去世，只有五十六岁。河南地区人民如丧考妣（bǐ），哀痛极了，还为祖逖建了祠堂，供后人瞻仰。

西晋亡于无耻

西晋仅仅传了短短五十二年就灭亡了，除了政治败坏以外，最主要的原因是风俗颓唐，士大夫毫无廉耻之心。

例如王衍是西晋时代响当当的人物，被人们仿效的对象，却是“男无气节”的代表。

王衍相貌清秀，风姿安详闲雅，是人们心目中的美男子。有次竹林七贤之一的山涛看到王衍，惊为天人，酸溜溜地说：“是什么人能生出这样的美人，但是误尽天下苍生的，未必就不是他！”

小杨皇后的父亲杨骏曾经想把他的一个女儿嫁给王衍，王衍竟然不肯。晋武帝曾问王戎：“当代之中谁可和王衍相比？”王戎答：“没有人能比得上他，要比只有从古人中去寻找了！”这一比把王衍的身价抬得更高了。

王衍有才名又有美貌，他十分得意，自比为孔子的学生子贡，喜欢谈一些虚幻的道理，老庄的哲学，也就是时髦的清谈。

王衍清谈，特别引人注目。为什么？因为他太俊美了。美到什么程度？据《晋书》上记载，西晋人清谈时，喜欢手上拿着一支拂尘，边说边甩，长长的流苏一晃一晃，把人衬托得有如神仙般飘逸。而王衍皮肤细白，和拂尘的玉柄是一个颜色，远看简直分辨不出玉柄和玉手。西晋人士最崇拜小白脸，王衍又白又嫩，所以广受欢迎。

清谈的人都是口谈浮虚，不遵礼法，当然也没有什么做人做事的原则，王衍就是这样，遇到情势不对，立刻见风转舵，投机讨好，绝对不坚持立场和原则，当然，更谈不上正直与正义。社会上一般青年都很羡慕王衍，也学他的浮华放荡。

西晋名士手挥拂尘清谈，选自明刊本《樱桃梦》。

王衍的妻子郭氏，是贾后的亲戚，借着这层关系，奢侈贪鄙，爱钱如命。王衍自命淡泊，从来不肯碰钱。

一天，郭氏为了试验王衍，趁他睡觉时，命婢女把钱绕着床围成一圈，让王衍通不过，非碰钱不可。王衍早晨起来看到钱，气得对婢女说："快把这些阿堵物拿走！"连"钱"这个字眼都不肯讲！王衍本身不贪污，但坐视妻子大收红包，似乎也说不过去。

后来，胡族来攻，洛阳城危在旦夕，大家纷纷避难。王衍却把车、牛统统卖掉，表示绝不远逃，这不是王衍要为晋朝尽忠，与洛阳共存亡，原来他另有安排：

胡人石勒一进洛阳，王衍不但没抵抗，反而立刻热情地迎接胡族军队入城，劝石勒称皇帝。

石勒把王衍叫到幕下问："你身为晋朝太尉，怎么使国家乱到这个地步？"

王衍胸有成竹，从容不迫地回答："我不过备位而已，朝廷里大小政事都由亲王掌理。至于论到晋朝危乱，这是天意，天意要石将军当皇帝！”王衍自以为马屁拍到家，含笑望着石勒。

没料到石勒掀须狞笑道：“瞧，你年纪轻轻就在朝廷当官，到了年纪大时，身居重任，名扬四海，却说自己不过备位而已，天下大乱，就是你们这些混蛋搞出来的！”

这番话说得王衍哑口无言。他虽然身居要津，从来却不负责任，任由部下胡作非为，王衍引以为荣，没想到被石勒指为罪名。

石勒嫌王衍讨厌，无大丈夫之气，把王衍和一群俘虏赶到房间中监禁起来，然后叫兵士合力把墙推倒，所有的人都被活活压成肉饼。王衍在临死前后悔地说：“我们虽比不上古人，但如果不慕浮虚，实实在在治理天下，也不会到今天这个地步了。”

王衍是“男无气节”的代表，让我们再看看东晋时代“女无贞良”的风气：

八王之乱发生不久，赵王司马伦杀掉了贾后，惠帝另立羊氏为皇后。

永嘉五年（311年），胡人石勒打败十余万晋军，匈奴首领刘曜（yào）攻入了洛阳城，是为“永嘉之祸”。刘曜进入内宫，一眼便瞧见如花似玉的羊皇后，羊皇后也立刻笑嘻嘻地迎上前去。

不久，刘曜当了皇帝，羊皇后也做了刘曜的皇后，再次荣登皇后宝座。

一天，刘曜好奇地问：“我比你前任的丈夫，那个姓司马的如何？”

“皇上怎么好与那个司马蠢材相提并论？”羊皇后娇嗔地白了刘曜一眼，“陛下是开国圣王，那司马蠢材连他自己、儿子和我三人都保不住。乱事发生以后，我简直不想活下去了，哪晓得会有今天。哎唷，自从认识你以后，我才了解什么叫大丈夫！”说着，不胜娇羞地向刘曜靠去。

男无气节，女无贞良，国家怎能不亡？

王与马共天下

在讲到东晋初年的政治时，我们常会听到“王与马共天下”这句话，意思是说王家的亲族子弟和司马氏（晋朝的皇帝姓司马）共同掌有天下大权。王家的人如何能成为左右朝政的一股力量呢？这要从王导说起：

在晋元帝尚未称帝，还在当他的琅玡王之时，王导便是琅玡王的心腹谋臣。王导很有远见，他早看出西晋不保，天下已乱，劝琅玡王集结力量，兴复国家。

当西晋最后一位皇帝愍（mǐn）帝被害的消息传到江南以后，琅玡王听从王导的建议，改元称帝，是为元帝，建都于建业（后改称建康，就是今天的南京）。

元帝即位以后一个多月，江南地方的士人竟没有一个人上朝去拜见元帝，使元帝万分尴尬。原来当地人早已习惯“天高皇帝远”的生活，拥有一股本身的实力，对新上任的元帝不怎么服气，也不愿意附和，王导为此十分忧愁。

正好这个时候，王导的堂兄王敦来了，王敦是个大将军，在江南一带很有名气。王导对王敦说：“皇上虽然有仁德之心，到底名望不够，分量嫌轻。你如今威风凛凛，想请你帮个忙。”

于是，王导安排了一次游行。这时刚好是阴历三月三日去观禊（xì）的日子，元帝神气地坐在轿子上，很有帝王威仪，王敦、王导各骑着一匹骏马，“达达达”紧紧跟着，后面还有一条长长的队伍沿路敲敲打打，许多江南人纷纷跑出来看热闹，街上挤成一团。

本来不肯去朝见皇帝的士绅纪瞻、顾荣这些有名的望族，看到元帝的风采，特别是后面那位王敦大将军，是人们所熟悉的，便跪拜在道路两旁。老百姓看到顾荣等人都如此尊敬元帝，也都纷纷拜倒在道旁。

王导又向元帝献计："古时的君王，莫不宾礼故老，虚心求教。现在天下丧乱，九州分裂，正是需要人才的时候，我们应该先争取当地的望族才是。"于是，元帝派人把士绅们请了来，晓以大义，从此百姓逐渐归附，勉强维持住偏安的小康局面。

王导，选自《历代名臣像解》。

不久，洛阳沦入胡人之手，中原地方大批人民南渡，王导积极抚辑流亡，并且挑选其中贤人君子参与国事。

这时，有个叫恒彝（yí）的刚渡江，看到朝廷微弱，不像可以匡济中原的样子，非常失望，对他的朋友道："我千方百计逃到这里，没想到就是如此局面，难成大事！"

可是，等到恒彝见过了王导，看到王导充满信心，奋发积极，又改口道："我好像见到春秋时代帮忙齐桓公建立霸业的管仲了，我不再忧虑了！"

这些自中原避难此处的人士，每逢佳节经常相邀在新亭饮酒聚餐，以叙愁闷。一次宴饮时，坐在首位的周顗（yǐ）长叹一口气道："江南风景如画，仍然和以前一般美丽，只是中原河山却换了主人啊！"说着眼泪都掉了下来，在座者想起故国，也纷纷举起衣袖抹眼泪，心中都有说不出的悲哀。

其中只有王导立刻变了脸色，很生气地指责众人："我们应该各尽自己的力量，效忠国家，光复神州，如此'楚囚相对'是干什么？"

"楚囚相对"是《左传》上的一个故事：晋侯在军府，看到一群人戴着脚镣手铐，相对哭泣，满脸无可奈何的彷徨样儿，就问旁边的人："这些人是做什么的啊？"旁人回答："这是郑国献来的楚国囚犯啊！"以后，楚囚对泣被后人引用为窘迫无计的意思。王导责怪这些过江人士，国家还没有亡，倒像囚犯一般彼此唉声叹气，实在骂得有理。

然而东晋受西晋清谈的影响太深，没有几个人像王导般有热情，有救国救民的理想，所以东晋始终国势衰弱。

王导在朝中握有大权，他的堂兄王敦又被任命为扬州刺史，更因讨平蜀贼有功，声威显赫，控制着武昌上游。一时之间，王家的亲族子弟，多半做到高官显爵，简直可以和皇室分庭抗礼，所以当时江东人有句谚语"王与马共天下"，造成日后天子无权，权在豪门大族的畸形政治。

王导与王敦

在晋元帝即位之初，他对王敦、王导兄弟非常信任，也因此才建立江左一个小康的局面。后来，王氏的威权日益升高，造成“王与马共天下”的局面，元帝逐渐起了猜疑之心，王敦也露出了谋反的意图。

王敦虽是中兴名臣王导的堂兄，但个性与老成持重的王导大不相同，王敦娶了晋武帝的女儿襄城公主，官拜驸马都尉、太子舍人，一向很有公子哥儿浪荡不羁（jī）的派头。

当西晋末年之时，臣子们喜欢比阔，其中斗得最凶的是石崇和王恺。一次石崇请吃饭，王敦与王导兄弟都被邀请，酒宴之时，石崇命一群女伎在旁演奏音乐，以娱嘉宾，其中一名女伎不小心，吹的笛音稍稍走了调，石崇大发脾气，认为有失颜面，当场把女伎活活打死。在座的客人都看得心惊肉跳，很受不了如此待客之道，只有王敦依然笑声朗朗，完全不当一回事。

过了没几天，石崇又请客，王敦兄弟再次赴约。石崇这次想出了一个新主意：他派了许多美丽的婢女去向客人敬酒，如果客人不干杯，表示美女不够体贴，没有尽到责任，就要把美女杀掉。

由于有上次的例子，人们知道石崇说到会做到，为了怜惜美女，大家都是浮一大白，喝得杯底朝天，而且把杯子高高举起在头上绕一圈。

等到美女敬酒到王敦、王导的桌前，当美女笑盈盈地捧起金爵敬酒，王敦竟然故意把脸朝向别处，装成不懂的样子。

“大人，请。”美女一连敬了几回，王敦还是一脸傲然，动也不动。美女一急，眼圈红了，所有的人都很紧张地望着，为美女的性命捏一把冷汗。

坐在王敦身旁的王导着急万分，他因为自己向来不能喝酒，频频催王敦：“快干啊，快干啊！”王敦还是不理，似乎存心要美女去死。

“哎呀，没办法。”王导急坏了，一把抢过酒杯，咕噜咕噜一干而尽。喝完以后立刻醉得摇摇晃晃。

当王导踉踉跄跄回去以后，忍不住为王敦的刚愎（bì）残忍深深叹息。

王敦的眼睛阴狠狠的，远远望去像一个黑黑的洞，潘滔有次见到王敦的目光冷酷无情，说了一句评语：“王敦的蜂目已露，只是豺声未振，若不噬（shì）人，也当为人所噬。”

果然，当王敦做了荆州刺史，统率了六州军事，坐镇上游以后，逐渐显出了跋扈的本色。元帝为了对付王敦，就起用刘隗（wěi）作为镇北将军，以防止上游军队的叛变。

这个时候，祖逖正在北伐，急需要后方支援，

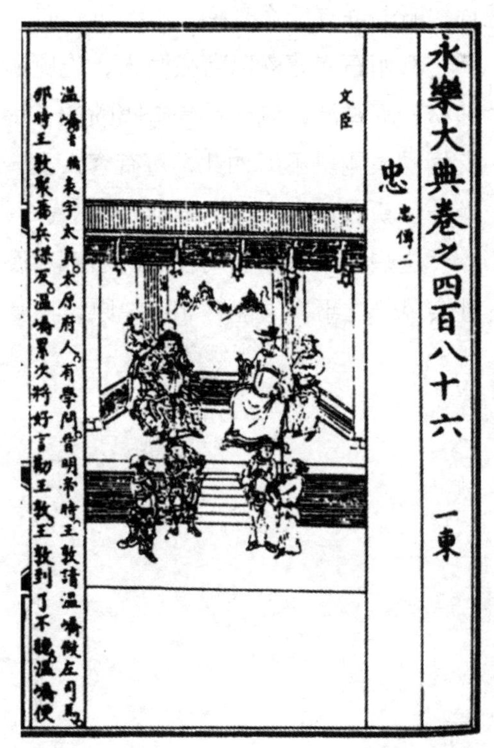

王敦聚兵谋反，东晋大臣温峤屡次好言相劝，《永乐大典》插图。

哪知道朝廷非但不能共御外侮，反而正处心积虑防止内变，祖逖因此忧愤而死。不久，晋元帝也因而逝世，晋明帝即位。

明帝即位以后，内外大权几乎都落入王敦之手，所幸王敦不久病重，王导突然在京师宣布王敦已经去世，然后明帝下诏讨伐王敦，平定了这一场乱事。

东晋好不容易撑起的局面，因为一场王敦之乱，又走向衰败的命运。然而王敦其人在当时仍是人们所羡慕的对象，他口不言财利，尤其喜欢清谈，更能击鼓，当他振起衣袖打起鼓来，音节谐韵，神气自得，旁若无人，大家都夸一声："雄伟，爽利，好！"

由于东晋的风俗颓唐，对这些一挥千金的公子哥儿大家都很崇拜，所以谁有什么豪举无不津津乐道。

例如石崇喜欢以奢豪骄人，连厕所都布置得美轮美奂，撒上甲煎粉、沉香汁，到处都是香喷喷的，另外还有十几名国色天香的婢女伺候入厕。不但如此，每有客人上一回厕所，石崇就叫婢女帮忙换一套新衣，客人都觉得不太好意思。

这些都反映了当时社会的奢靡、腐化和没有朝气，东晋在这种社会风气之下，怎能够北伐中原，收复失土呢?

“八达”荒唐的故事

前面说过竹林七贤因为他们的放荡作风，影响了颓废的风气，造成西晋的衰亡。到了东晋，清谈玄风愈演愈烈，从当时“八达”（八个放达的人）的小故事，我们可以看出东晋的社会风气：

谢鲲（kūn）是个好色之徒，他邻家有个姓高的女孩长得花容月貌，谢鲲对她很感兴趣，每次见到总要讲几句轻薄话儿。

姓高的女孩对谢鲲极为厌恶。一次谢鲲又死皮赖脸前去挑逗，嘴里讲些不干不净的话，把她惹火了，回去拿了织布用的梭，对准谢鲲射了过来，不偏不倚敲掉了谢鲲的两颗门牙。

从此，“缺牙”成了谢鲲的标志，邻人都觉得好笑，谢鲲还骄傲地说：“这有什么？不妨碍我长啸高歌。”说着又唱起来，颇以风流自豪，以“无齿”自许。

“八达”之中有的好色，有的贪财，但有一个相同的爱好，那就是喝酒。

毕卓是吏部长，常因喝酒误事。有次晚上又偷偷摸摸到了藏酒的瓮间开怀畅饮，或许是喝得太高兴了，咕噜咕噜惊醒了看酒的人。掌酒者把毕卓五花大绑捆了起来，生气地说：“我说呢，瓮里的酒原来是你这小子偷的，难怪经常无缘无故地短少，明早再好好处置你。”

第二天一大早，天亮了，掌酒者也看清楚了，原来偷酒的梁上君子竟是毕吏部，吓得连忙松绑，再三赔罪。毕卓也不脸红，继续

毕卓，选自《清刻历代画像传》。

痛饮，直喝到酩酊大醉才离去。

毕卓曾经对人说：“我生平有一个大愿望，装满一船的美酒，船头船尾放上四时甘味，右手拿着酒杯，左手持着螃蟹大嚼，能够如此，死了也甘心……”

毕卓的心愿赢得许多人的赞同，在他们看来天下最值得追求的正是美酒。因为中国士大夫数百年来，受了礼教的拘束，没有办法一下子脱离礼教，变得浪漫狂放，而晋代的公卿大夫又非要得到狂放之名，表示自己不同流俗，只有借酒壮胆，饮酒乱性。

“八达”为了表现“放达”的美名，经常聚在一起喝酒，喝得昏天黑地，披头散发，然后脱光衣服，放浪形骸。

光逸有次去晚了，其他几个人已喝了几天几夜，他想要加入，偏偏守门的不让他进去。

急中生智，光逸在门外，脱光了衣服，把头钻在狗洞中汪汪大叫。

胡毋（wú）辅之等听到声音，伸头一望，看到这种疯狂镜头，胡毋辅之笑着拍手道：“这一定是光逸了，旁人绝对做不出这样的事。”赶快开门把光逸请入。

光逸一进门，大家都笑着称赞他：“真有你的，如果不是我们八达，还做不出这等妙事。”然后饮酒作乐，不舍昼夜。

因为当时的人都很羡慕“八达”的名声，于是也学着“八达”的样儿，希望打开知名度，王澄就是最好的例子。

“八达”动不动就喜欢脱光衣服，表示自己放达，而且自谓“复归于婴儿”，纯洁又返归自然。

王澄被任命为荆州刺史，将要上任之前，许多宾客前来道贺，王澄一看客人把房间塞得满满的，心想这个好机会不要轻易地放过了。

于是王澄到了门外，把上衣一件一件地脱去，脱光以后竟爬到树上去了，客人们都看得目瞪口呆，接着王澄又把头伸到鹊巢里去张望，玩弄着巢里的鸟蛋，一脸严肃的神情，好像自己在做一件了不起的大事，完全旁若无人。

王澄的举动其实是幼稚无聊，但也是不顾礼教。当时，凡是敢做不顾礼教的事，都受到人们的喝彩，所以，王澄裸体上树玩鸟蛋的举动可轰动了整个京师，人人争着传诵王澄脱衣上树的故事。后来，王澄到了荆州当刺史，也是日夜纵酒，不理政事，这样才称得上时髦，其实是放荡和不负责任。

中原大乱，元帝建立东晋后，一般人民不晓得卧薪尝胆一雪耻辱，依旧仰慕谢鲲、王澄等人的狂放，甚且自暴自弃，努力地去追求个人的享乐，东晋的人还认为贪污纳贿是应该的，是最好的致富之道。

在这种情况下，金钱成为测定价值的最高标准，人格的高低，学问的深浅，才干的有无都可以用金钱测定。当时有一个书生鲁褒（xiù）看到风俗贪鄙的现象，写了一篇《钱神论》，讽刺人们的爱财如命。

鲁褒在文章中说：“钱之为体，有乾坤之象，内则其方，外则其圆……亲之如兄，字曰孔方。”古人的钱是一枚圆币，中间有一个方洞，因此他戏谑地称为“孔方兄”，这也是今天我们把钱称为孔方兄的由来。

陶侃收集木屑

东晋的政风颓废，陶侃是晋代少数正直的官吏之一，今天我们来看看陶侃（kǎn）一些脍炙人口的小故事。

陶侃的父亲很早就去世了，他和母亲过着清苦的日子，和陶侃同郡的范逵（kuí）素来有名声，被选为孝廉。一天，范逵到陶家来投宿，当时大雪纷飞，陶侃家中一无所有，穷得像个空空荡荡的破瓶子，而范逵的侍从、仆人加上马车来了一大堆，拿什么待客呢？

范逵的车马近了，陶侃急得搓手叹息，陶母沉着地说："你只管放心去留客人，我自有法子。"

有什么办法呢？陶侃心里想着，又不能变魔术啊。没想到到了晚饭时，果真变出一盘盘的珍馐（xiū）美味，而且一连几天，范逵和他的侍从都吃得眉开眼笑，摸着肚子叫好。

原来陶母情急之下，把她一头乌黑油亮，直拖到地的头发剪了，拿去卖掉换了酒菜；砍了台子作为柴火；割了席子作为马草，这才供得起贵客。

后来，范逵晓得了，深感不安；同时，对陶侃的才思敏捷又万分佩服。到了范逵告别时，陶侃一路送了百里之遥，范逵说："已经很远了，你可以留步。"陶侃还是坚持再送一段。等到范逵到了洛阳，就到处宣扬陶侃的美名。

因此，陶侃被举为孝廉，但因为他出身寒微，东晋人多半是势利眼，当陶侃到了洛阳去看张华，张华对他很不礼貌。他去拜望一位同乡，同乡竟羞辱道：“我怎么能和小人同车？”

但是陶侃不为恶劣环境所困，努力奋斗，曾为南蛮长史，破妖贼张昌之乱；继为江夏太守，平陈敏之乱，又为国家立了很大的功劳。他在广州之乱平定以后，政清无事，每天一大早起来，把一百块大砖搬运到斋内，到了晚上又把砖搬回去。

旁人看了好生奇怪，问道：“陶刺史要搬砖，随便派个小兵搬就可以了，何必如此费力，太辛苦了！”

陶侃母剪发买酒，招待贵客，选自明刊本《闺范》。

陶侃笑着说：“你误会了，我搬砖是为了练身体，现在中原尚未平定，我恐怕自己生活优逸，精力懈弛，将来不能任事。”

他除了勤勉，而且俭朴，当任荆州刺史时，常命令造船的官吏把锯下的木屑，不论多少，全部搜藏放好，大家都莫名其妙。但因为长官有令，也不敢不照着做。

不久，积雪融化，天气放晴，厅堂前面的院落湿漉漉的一片满是烂泥，脚一踩便陷了下去，行走相当不便。陶侃派人用木屑覆在地上，如此一来，连车马都可以通过了，人们这才明白陶侃是有备而做的。

官府里平常用的竹子留下许多厚头（竹子的根部），陶侃下令不许扔，到了后来竟堆积如山，人们怨道：“小气过了头，自找麻烦。”

可是等到桓温要伐蜀时，这些厚头刚好用来作钉，大家又钦佩

陶侃运砖，选自《马骀画宝》。

陶侃懂得利用废物。

一次，陶侃出外游玩，远远看到一个人持着一把未成熟的稻子，一边挥舞，一边哼着小曲。

陶侃叫住了行人：“你拿着这把稻干什么？”行人若无其事地回答：“没什么，路过嘛，好玩就摘了一把。”

“什么？好玩？”陶侃大怒，“你自己不种田，还偷人家的稻穗来玩！”便把行人捆起来，结结实实打了一顿屁股。因为他重视农事，所以军民勤于稼穑（sè），家给人足。

陶侃最恨赌钱，曾把赌具扔掉道：“民生在勤，大禹圣人，犹惜寸阴，至于我们凡俗，当惜分阴，怎可游玩荒逸，在世时无益当时，死后不留一点名声？这叫自暴自弃。作为君子，应该正正派派穿好衣裳，一举一动要有威仪，哪里可以乱头养望（头发蓬乱来博望功名），反而说自己宏达。”

陶侃这番话是讽刺当时东晋的士大夫王澄脱衣上树，光逸钻入狗洞的轻薄行为。

然而陶侃的话并不能使东晋人觉悟，他们仍然向往浮华，看重门第。陶侃刚出道时，固然受到种种奚落，就是到了后来陶侃做了征西大将军，因讨伐苏竣，立了大功，那时已七十高龄，仍有人看不起陶侃的出身，还骂他为“溪狗”哩（因为陶侃的乡里正是溪族杂处区）。

佛图澄法力无边

佛教在汉代已经传入中国了，但直到魏晋时代才在中国盛行。此与当时的时代背景以及佛图澄的推行大有关系。

魏晋时代的老百姓天天过着悲惨的生活，又眼看着贵族名士过分的享受与奢靡，他们只会成为贵族娱乐的牺牲品，他们悲观而绝望，渴求一种新的人生观来抚慰心灵。

一个人在悲观痛苦时，常常发生神秘心理，此时人们发现国家不能拯救他们，皇帝不能拯救他们，官吏不能拯救他们，名士不能拯救他们，于是在水深火热的战乱中，他们很欢迎外国神，一种全新的宗教——佛教。尤其佛教是讲来世的，人们可以把希望寄托在下一辈子，以忍受今生今世的折磨。

佛教是由北方流行到南方的，其中有个叫佛图澄的和尚对推行佛教极有贡献。

据《晋书》的记载，佛图澄是天竺人，本来姓帛。在永嘉四年（310 年）来到了洛阳，自称活了一百多年，能够几天几夜不吃不喝。佛图澄的肚皮上有一块中间白色、四围黑圈的圆孔，很像是肚脐眼儿。里头塞了一团白棉絮，奇怪极了。

每天晚上，佛图澄念书时，他就把棉絮慢慢拉出来，放在一旁。圆孔里竟然发出一闪一闪的亮光，照耀全室，佛图澄便就着“自来光”看书写字。

每当斋戒之时，佛图澄便从这个圆孔中，把热烘烘的五脏六腑全掏了出来，用水冲洗干净，然后再逐一放回腹中，塞好棉絮。

后来永嘉之祸，匈奴攻入洛阳，杀戮极惨，许多和尚被害，佛图澄投奔到石勒手下大将郭黑略家里避祸。

从此郭黑略每次随石勒出外征战，总能事先预卜胜负。石勒觉得奇怪，把郭黑略找来问：“我实在看不出你有什么出众智谋，为什么每次都能知道行军的吉凶？”

郭黑略回答石勒，有个和尚佛图澄灵验得很。石勒立刻召来佛图澄，试验他的道术。佛图澄取来一钵（bō）清水，烧起一钵香，口中说了一些旁人听不懂的咒语。

说也奇怪，只见钵中冉冉生出一株青莲花，孤挺美丽，吃惊得令人说不出话来。石勒从此很听佛图澄的话。

佛图澄念动咒语，钵中生出青莲花，选自《马骀画宝》。

不久，石勒从葛陂（bēi）撤军到河北，经过枋（fāng）头镇时，佛图澄对郭黑略说：“待会儿敌军会摸黑偷营。”果然，到了三更半夜敌军偷偷潜至，因为石勒早有准备，打了一场大胜仗。

虽然如此，石勒还是想再试试佛图澄，看他到底能否“未卜先知”。石勒头戴钢盔，身披铠甲，手提大刀，派人告诉佛图澄说：“石大将军不见了，不晓得跑到哪儿去了。”

哪晓得来人还没开口，佛图澄就问道："又没有敌寇来袭，石大将军为什么全副武装？"石勒知道了，对佛图澄更加信服。

但没有过多久，石勒大生和尚的气，连佛图澄也在内。佛图澄躲在郭黑略的家里，对别人说："万一石将军问起，就说不晓得我到哪儿去了。"

石勒找佛图澄遍寻不着，心里懊悔万分，日夜不安。第二天，佛图澄竟登门拜访石勒。石勒问："昨天你跑到哪里去了？"

"昨天你发脾气，我暂且避一下，昨晚你悔悟了，我才敢来。"佛图澄从容不迫地回答。

这句话一语道破石勒的心事，石勒不好意思承认，哈哈笑道："和尚，你猜错了！"

以后，石勒当了皇帝，建立了后赵，对佛图澄更加恭敬。石勒有个堂兄石葱想谋反，被佛图澄看出了阴谋，出家人又舍不得害石葱丧命，他便对石勒说："今年的葱里有虫子，吃了会中毒，赶快下令要人民不可食葱。"

"食葱"与"石葱"同音，石葱一听，心里有数，连夜逃了。因此石勒对佛图澄更为看重，尊称他为大和尚。

每次石勒召佛图澄上朝，佛图澄都乘坐四人抬的轿子直到大殿，那些王公大臣抢着去抬轿子，他们认为替佛图澄抬一抬轿会得到好运，石勒的儿子们则跟在轿子后面，高叫："大和尚到。"佛图澄成为当时人人敬仰的人物。

石勒在五胡诸王之中，算是一个不平凡的枭雄，虽然出身微贱，却有过人才略，称赵王以后，置宗庙，营宫室，设经学史学祭酒，奖励农桑。

因为石勒很听佛图澄的话，凡是石勒想杀人，由于佛图澄的几句话，经常打消了主意。许多人的性命，都因佛图澄的一句话，获得了保全，所以当时中原地区的人民，大家都很信奉佛教。

当然，史书上所记载的种种，不免有许多夸大及附会的地方。但由此我们可以知道，蛮夷酋长看上了和尚的道术，纷纷皈（guī）依，一般百姓为求精神上的安慰，以及希望借由佛门保护性命，也都纷纷信仰佛教，事实上，这是一种逃避，救不了当时困苦中的人们。

王羲之爱鹅

提起王羲之，大家都会立刻想到书法，不错，王羲之正是我国最著名的大书法家。

王羲之，晋朝人，为人爽朗，以有骨气知名，是王导的侄子。

当时太尉郗鉴想要在王导家选女婿。东晋人重门第，谁和郗家结了亲家，身份自是不同。因此，王家的子弟有的故意表现文质彬彬，也有的假装矜（jīn）持，总之都非常不自然。

只有王羲之不理这些，一个人坐在东床（此时胡床已传入）吃东西，吃得好开心。郗鉴说："这正是我要找的好女婿！"便把女儿嫁给了他。

王羲之以气宇高华当了郗家乘龙快婿，这也是成语"东床快婿"的由来。

他的官位做到了右军将军，所以后人称他为"王右军"，有"书圣"的美誉。王羲之的笔势飘逸如浮云，矫健如惊龙，在东晋已赫赫有名。

穆帝永和九年（353 年），王羲之和谢安等十一人宴集于会稽山阴的兰亭，饮酒赋诗，由他写了一篇序，记述盛会。

王羲之打开砚台，轻研香墨，提起鼠须笔，铺开蚕茧纸，趁着微微的酒意，写下了《兰亭集序》。序中二十个"之"字各有不同，都有不同的美感。酒醒以后怎么都写不出这样好。他把《兰亭集序》妥善地珍藏起来。

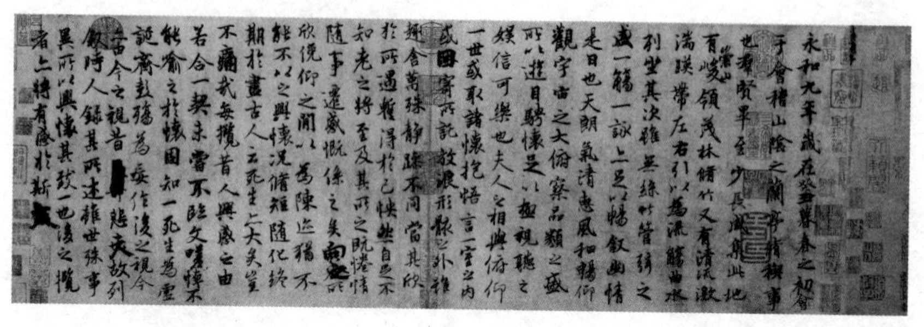

《兰亭集序》，晋王羲之书法。

到了唐朝，唐太宗对王羲之的字着迷不已，命令大书法家虞世南、欧阳询、褚遂良摹临数本，成为日后人们学习书法的字帖。至于真迹，已随着唐太宗殉葬在昭陵。

鹅是王羲之的宠物，他听说会稽住了一个老婆婆，养有一只奇鹅，叫的声音特别悦耳，王羲之派人去购买，没有买成。

王羲之还是不死心，邀了几位亲友，驾着车子亲自前往交易。老婆婆看到王羲之如此重视，连忙殷勤接待。

到了中午，老婆婆留王羲之午餐，她笑嘻嘻的自厨房小心翼翼捧出一个大碗，掀开饭碗一看，赫然竟是那只他梦寐以求的鹅。

“我知道将军爱鹅，特别炖了一上午，你瞧，肉都酥烂了，一定很好吃。”老婆婆讨好地说，把碗推到王羲之面前。

王羲之看了，眼泪都快掉下来，哪里有心情吃它的肉？叹口气离开了。以后一连好几天都闷闷不乐。

还好，不久，他又听说山阴有一个道士养了一群好鹅，他急急忙忙跑去看，一看就相上了。再三请求道士卖给他，多少钱都在所不惜。

道士说：“卖我是不卖，不过如果你为我抄写一部《道德经》，岂止一只，一群鹅全部送给你！”

“真的？”王羲之兴奋得很，立刻濡笔写字。写好了，道士很守信用地把整笼鹅一起送给他。王羲之满载而归，一路上又唱又笑，又忙着低头看鹅，快乐得像个小孩子。

有一天，王羲之在路上看到一个年纪大的姥姥在卖竹扇子，一把竹扇子仅卖六钱，行人来来往往，没有人停下来理会姥姥。

太阳愈来愈烈，王羲之看着于心不忍。他向姥姥要了所有的扇子，姥姥以为来了一个大主顾，立刻把所有的扇子全部奉上。

右军书扇，清山寿绘。

王羲之拿出笔，在每一把扇子上面写几个字，然后，还给姥姥。姥姥以为王羲之要给她钱，没想到这位客人在每把扇子上乱涂一下，却把所有的扇子都还给她，气得姥姥指着王羲之的鼻子大骂："你这个人真没道理，你不买扇子，还把我的扇子弄脏了，我卖给谁啊？"

王羲之笑嘻嘻地对姥姥说："你别紧张，你只要对人说，这扇子上的字是王羲之写的，包管你每把扇子可以卖一百个钱。"

"弄脏"了的扇子还可卖钱？姥姥不相信。没料她一说是谁题的字，不到一会儿工夫，立刻被抢购一空，姥姥莫名其妙。这可见得王羲之的书法在当时受喜爱之一斑。

王羲之除了书法好，志气也高，和东晋一般名士不相同。

一次王羲之与谢安共登冶城，王羲之对谢安说："夏禹勤劳王事，手脚都起了厚茧；文王为了国事，连一餐饭都不能好好吃；现在四方都不太平，国家多难，每个人应该献出自己的才能，为国效力。如果只是清谈，把国家政治事务都荒废了，注重虚浮，不切实际，恐怕不太合适吧。”

可见得王羲之除了书法独步古今，在其他方面也值得人们尊敬，他是东晋时代极少数不尚清谈、不好虚浮的名士之一。

谢安的沉着稳健

“旧时王谢堂前燕，飞入寻常百姓家。”这是唐朝大诗人刘禹锡在《乌衣巷》诗中的两句，形容王家、谢家后代没落，连在檐上的燕子也另觅安身之处了。王指的是前面讲过的王导，谢便是今天故事的主角——谢安。

谢安的学问很好，当他年轻时，因为羡慕古代的隐士作风，虽然朝廷征召了几回，他总是不肯出来做官。

一天，谢安和几个朋友雇了一条船出去玩儿。船开了一半。忽然天气变了，风起浪涌，孙绰等人都张皇失措，嚷着说：“回去吧，太危险了！”

谢安也不答腔，昂起头来吟了一首诗，低头下来又斟起一杯酒，好像游兴很浓。诸人看他一派悠闲，也只得继续饮酒赋诗。

过了一会儿，风浪转猛，扑打着小船摇摇晃晃。大家都很害怕，坐立不安，在船上走来走去，口里嘀咕着：“糟了！”船身益加不稳，摇摇摆摆，好像随时可能翻船。

谢安说：“像你们这个样子，大家都一辈子别想回去了。”果然，大伙儿的心慌意乱，使得船夫也被搅得心神不宁，连桨也拿不稳。

大家这才了解现在是危险的时候，必须镇定下来，于是，一个个不再多嘴饶舌，安安静静回到座位。船夫也定下心来，沉着地控制着船桨，凭着经验与风浪搏斗，终于把船安全地驶了回来。

上岸以后，大家拍着胸口长吁道：“好险，这条命算是捡回来了。”也才省悟到，万一当时不镇静，在船上大呼小叫，奔来跑去，船夫也受到这种恐惧气氛感染，稍不留意，都成了水鬼。因此众人直夸谢安遇事不惊慌，小心应付，有安邦定国的才能。

后来有人对谢安说：“你高卧东山，朝廷屡次请你都请不动，你怎么对得起天下百姓?”谢安心里很惭愧，也就应允出来做事，此时他已四十多岁了。

东晋简文帝得了重病，这时朝廷中的大权操在桓（huán）温手里。桓温为荆州刺史，手握重兵，曾两次北伐，都因军粮不足，大败而归。桓温很有自己做皇帝的野心，可惜两次北伐都不成功，声名大挫，不敢贸然自立为帝。

他的幕僚郗超建议他废掉晋朝的皇帝以立威。太和六年（371年），桓温便亲自带兵进京师建康，假传太后之命废去当时在位的皇帝司马奕（因为司马奕做皇帝之前任琅玡王，被废后在宗庙就没有牌位，所以有些书上称司马奕为废帝，也有的就称为琅玡王奕，就如同魏朝要杀司马昭的曹髦，历史上仍称他为高贵乡公），降为东海王，另立会稽王司马昱为皇帝，是为简文帝。

所以，简文帝在位之时，形同傀儡，一切大权操在桓温手里。咸安二年（372年），简文帝病危，桓温在姑孰（今安徽省当涂县），很想简文帝在死前传位给他。不料，简文帝死得太快，并不知道桓温的心意，所以遗诏中仅命桓温辅政，而以自己的儿子司马昌明为皇帝，是为孝武帝。

桓温大失所望，孝武帝即位的第二年二月，桓温从姑孰入朝，京师里纷纷传说，桓温入京是准备来篡位的，并且要杀掉阻挠桓温篡位的王坦之和谢安。一时之间人心惶惶。

桓温在大军护卫之下到了建康，文武百官在城门口两旁恭迎，桓温在宾馆之中接见大臣，当时朝廷中最有名望的是吏部尚书谢安和侍中王坦之。桓温特别召见谢、王二人，当时虽值寒冬，王坦之紧张得汗流浃背，衣服都湿透了，谢安却神色自若，从从容容在客厅里坐下来，对桓温说：“我听说诸侯有道，守在四邻，明公（对桓温的尊称）何须在墙壁后面布置人手？”

桓温笑道：“我要自卫，不得不这样啊！”于是，命左右将壁后的人手撤去。桓温和谢安互相不再戒备，坦诚地谈起天来，没想到两人谈得很投机，不知不觉谈了两三个时辰。

在王坦之、谢安进来之前，桓温命心腹参谋郗超先躲在客厅的帐（布帘）中偷听，没想到谢安与桓温谈了这么久，一阵风来，把布帘吹开，谢安发现郗超躲在布帘之中，便笑着说：“郗生可谓入幕之宾。”于是，主客大笑。

谢安，明郭诩绘，中国台北故宫博物院藏。

桓温和谢安的晤谈以和气收场，化解了京师人心的不安，这当然是靠着谢安委婉而沉着的应付。

桓温只在京师建康留了十四天，就因为生病而回姑孰去了。半年后，桓温病死，晋朝中央政府才算解除了一大威胁。

谢安为人持重，公忠体国，凡事能多听旁人的意见，深获人心。也只有在他主政的这段期间，东晋的上下才能抛弃成见，互相协调。

一次，王羲之的三个儿子徽之、操之、献之上门拜见谢安。老大老二东家长，西家短，叽叽喳喳说了许多俗事，老三只寒暄几句便闭口不言。

等到他们三兄弟走了，旁的客人问道："刚才王家三个贤子弟之中谁最好?"

"小的最好。"谢安不假思索地说，继而解释道，"有才德的人话讲得少；浮躁的人废话多，这是可想而知的。"

正因为谢安懂得相人用人，东晋的政治为之一新。

淝水之战

八王之乱引起了五胡乱华，使中国北方长期陷于割据分裂的局面，一直到氐族的苻（fú）坚才统一了北方，其他胡族和北方的汉人都接受苻坚的统治。

苻坚的国号是秦，由于五胡建立的政府还有氐（dī）族的姚苌（cháng）也把国号称为秦，所以后人为了区别两个秦，便把苻坚之国称为前秦，姚苌之国称为后秦。

苻坚虽是氐族，但是，却任用汉人王猛担任丞相。苻坚本不认识王猛，听说王猛博学多才、精通兵法，便特别派使者邀请王猛前来见面。两人一见如故，谈得十分投缘，苻坚高兴地说："我见到王猛真是乐极了，就像是刘备遇到诸葛亮一样。"

王猛做了前秦的丞相，革新政风，选拔人才，劝课农桑，训练军队，整顿司法，使得国富兵强、老百姓安居乐业，可说是五胡乱华之后，极为难得的一段政治清明安定时期。

不幸，王猛生了重病，苻坚亲自到处求神保佑，又派使者到全国各地去求各种神，然而都没有效。王猛临终之时，苻坚亲自到王猛家中探病，并问王猛有没有什么事要嘱咐，王猛说：

"晋朝虽然偏安江南，但是，他们以正统相传，朝廷上下和谐团结。我死以后，希望陛下不要去打晋朝的主意。鲜卑人和羌人才是我们的仇敌，终是心腹之患，要慢慢消除，才能使国家基础巩固。"不久，王猛便死了，苻坚痛哭流涕，三次亲自前来吊祭。

王猛劝苻坚不要伐晋，有人认为王猛是汉人，所以要保护晋朝，其实，王猛是忠于苻坚，他知道秦朝的内部有许多鲜卑人和羌人，心里都不服苻坚，随时会找机会独立。所以王猛劝苻坚注意内部的鲜卑人和羌人，是有道理的。

但是，苻坚的自信心太强了，他认为既能统一北方，岂能坐视江南呢？

东晋孝武帝太元八年（382年）苻坚正式宣布伐晋，当时秦的大臣权翼、石越、苻融，甚至太子宏，苻坚的宠妃张夫人都反对，苻坚都不理会。苻坚说秦有九十七万大军，“投鞭于江，足以断流”，自信攻晋是轻而易举的事。

第二年八月，秦军出发，出动了步兵六十万、骑兵二十七万，分几路进兵。由于军队太多，队伍拉得很长，当苻坚到达项城（今河南项城县）时，后队的秦军才到达咸阳（今陕西咸阳市），前后距离很远。

秦八十万大军南下的消息，使得晋国举国震惊，人心惶惶。幸而，谢安早在几年之前，就命刘牢之在江北训练了一支军队，取名为“北府兵”，战斗力很强。谢安命侄儿谢玄领兵八万抗秦。

十月，苻融领三十万大军攻陷寿阳（今安徽寿县），已和晋军接触。苻坚也亲率八千骑兵赶到寿阳，准备和晋军正面厮杀。

苻坚的部下有个叫朱序的人，本是晋朝的将领，战败而降。苻坚对朱序说：“你知道晋军前线指挥官是谢安的弟弟谢石，你和谢石是好朋友，你可以溜到晋军，去劝谢石投降，事情办成之后，我有重赏。”

“遵命！”朱序回应道。

朱序偷偷来到晋营，见到谢石，他不但不劝谢石投降，反而把秦军的虚实全部报告出来，并且劝谢石不要等秦的八十万大军结集，立刻进攻，朱序自己可以做晋朝的内应。

秦大军压境，谢玄急急忙忙跑来请示谢安御敌之方法。

谢安只说了一句："已另有命令。"便不肯多言，谢玄也不敢再问，回营之后，想一想，不安心，派了张玄去请示。

这次的回答更妙，谢安竟说："走，我们到山外的别墅去下围棋。"于是，谢安带着谢玄等一群人浩浩荡荡到了别墅，没有人有心想玩，只有谢安一个人下得最为起劲。谢安平时不是谢玄的敌手，这一天，谢玄心中不安，结果一连输了几盘棋。

东山报捷图，清苏六朋绘，广州美术馆藏。

到了半夜，谢安从别墅回到城内，这时，谢安才把各个将帅找来，面授机宜，各当其任，将帅们看谢安从容不迫的神情，也好像吞下一颗定心丸。

秦晋两军隔着淝水（今南淝河）对峙，谢玄派使者要求秦军稍作后退，待晋军渡过淝水决一死战。苻坚心想，何不趁着晋军渡河一半的时候，秦军出击，晋军必然无力还手，于是，同意秦军后退。

三十多万秦军看着晋军一船一船正在渡河，忽然之间，接到命令向后撤退，大家弄不清楚为什么要撤退，当时，既没有无线电，又没有扩音器，撤军的命令全靠着口耳相传，口耳相传就会失真。

秦军士兵以为是最前线的秦军吃了败仗，这时，朱序在秦军之中到处大叫："秦军已败。"那些奉命后退的秦军便失了秩序，没命地向后跑，结果互相推挤践踏，死了不少人，等谢玄的晋军渡过淝水，发现秦军竟自动后逃，便立刻挥刀舞剑，追杀前去，弄得秦军更加狼狈。到了晚上，秦军还在逃，旁边八公山上的草木被夜风吹得摇摆不定。再加上鸟叫的声音，秦军吓得以为是晋军，所以更加没命地逃亡，这就是"风声鹤唳（lì）"成语的由来。

淝水之战的捷报飞快地传到京师建康，谢安正在跟人下围棋，看完捷报，顺手往旁边一放，继续下棋。

"是不是前方的军情报告？"左右的人焦急地问。

"没有什么，不过是小儿辈打了胜仗而已。"谢安的脸上并没有得意的喜色，仍然专心下棋。

下完了棋，客人走了，谢安急忙回到内室，经过门槛子，绊了一下，连木屐都碰断了，原来谢安下棋只是强作镇静，其实内心是十分紧张的。

苻坚的失败印证了王猛的话，秦的最大敌人是内部的鲜卑、羌人，他们人数比氐族多，暂时屈服在苻坚领导之下，总想有一天能脱离氐族的控制而自立。淝水之战中，秦的军队实际上是五胡军队拼凑而成，所以听到朱序放出"秦军败了"的谣言，便以起哄的心理四处逃散，以至于不可收拾，所以，淝水之战与其说是晋军打胜了，不如说是秦军自己败了。

刘裕做了皇帝

自从淝水之战苻坚战败以后，他所统一的北方再次分裂。五胡十六国之中，有十国都是在淝水之战以后建立的。同时，淝水之战以后，东晋得以偏安江南，维持了汉人在南方的政权。

北方虽然混乱，晋人却未能趁此机会光复中原，因为晋朝内部不安定。

东晋的老百姓受不了连年的剥削与压迫，终于在晋安帝隆安三年（399年）起兵造反，带头的是天师道的孙恩。不到十几天的工夫，就有十多万民众响应，占领了八州之多。朝廷急忙派淝水之战的名将刘牢之出来镇压。

刘牢之手下的刘裕，在历次战役之中表现最为杰出。刘裕是平民出身，曾经当过农夫，他勇敢善战，而且很有智谋。

一次，孙恩派了大兵来攻城，城里的兵力相当弱，根本不是对手。刘裕心生一计，挑选了数百名敢死队，脱掉了铠甲，拿着短兵器，一路打鼓叫喊而出，来势汹汹，把孙恩的部将吓了一跳，纷纷丢下武器逃跑。

敌人虽然暂时远离，但到底寡不敌众，困在城里也不是个办法。于是刘裕下令把旗子收好，士兵们藏起来，四下静悄悄的，好像已经逃走一般。

第二天清晨，孙恩的军队折返回来，只见几个老弱残兵在城门上走来走去。随便提了一个老头问道：“刘裕呢？”

那老头翻一翻白眼，没好气地说道："在夜里早就走了！"

"哼，害我们昨天中了这小子的计！"贼兵叹了一口气，既然走都走了，仗也没什么好打了，自然而然放松了戒备。大家兴奋地放下武器，准备进城去痛快大抢一番。不料，就在此时，刘裕率了大军自城中杀出，贼兵措手不及，连队伍都没有排好，便被刘裕打得落花流水，抱头鼠窜。

刘牢之的北府兵虽然打败了孙恩，但官兵的纪律跟贼兵却是差不多，到处焚烧掳掠。人们原巴望官兵前来解放他们，没想到遭此浩劫，失望透顶。只有刘裕的部队法令明整，人民都争相欢迎。如此一来，刘裕的名气更响亮了。

接着，刘裕又平定了东晋的桓玄之乱。桓玄的父亲是桓温，桓温原是晋之大将，一直都想篡位当皇帝。他曾经三次北伐，希望借着战功增加威势。不幸败于枋（fāng）头，没有达成心愿。所以他儿子意图再试试看，却被刘裕一举平定。

在中国古代平时安定的日子里，君臣之间的名分，像天与地一般不可以随便动摇，皇帝是全国的领袖。可是在战乱中，往往可以暴露出帝王的无能，不足以领导全国。于是，大多数的人民自然而然地想跟随一位有才能的领袖，以拯救自己。五胡乱华以来，人民饱受痛苦，希望有人出来领导。有野心的臣子看到君王无能，也对王位起了觊觎（jì yú）之心。

桓温是这样的想法，刘裕也是。他首先灭了南燕，平定卢循之乱，再平后蜀；二次北伐，克复了洛阳，入长安，灭后秦、西秦，北凉请降。晋人竟然光复了沦陷一百零一年的关中之地。

忽然之间，刘裕听说他留在京师建康的大将死了。他惟恐后方发生兵变，匆匆忙忙班师回国，如此一来，关中又丢掉了。刘裕又羞又气，为着巩固权威，派人杀掉愚蠢得连冷热饥饱都不知道的安帝，迎立安帝的弟弟司马德文为皇帝，是为恭帝。这时，刘裕虽受封为宋王，但是并不满足，他急着想登上帝位，自己又不方便开口，非常苦恼。

有一天，刘裕在寿阳邀集朝臣宴饮，他站起来致词道："我首先倡导大义，南征北伐，平定四海，功成名就。现在年纪大了，也应该奉还爵位，告老还乡，就像是一杯水装得太满也不好，满遭损啊。"

于是，立刻有人站起来向刘裕敬酒，盛赞他的功业彪炳。马上又有第二个人站起来，大大歌功颂德一番。

大家都猜不透刘裕心中真正的意思，他又不好意思说："笨蛋们，我想等你们拥我为皇帝啊！"只有一个劲儿苦笑。

宴会散了以后，中书令傅亮走出大门，看到天上一颗流星飞逝而过，心中顿有所悟，他一拍脑袋，自言自语道："哈，我说呢，他为什么今天晚上说了许多奇怪的话，什么要退休，什么要告老还乡，敢情是以退为进，想当皇帝，可惜，缺一个帮他开口说话的人。"

傅亮也顾不得大门紧闭，敲了门就进去求见刘裕。

"你有事吗？"刘裕问傅亮。

"我想暂时回京师建康去一下。"傅亮含蓄地说。

"嗯！"刘裕看着傅亮，心照不宣地说，"要派多少人送你？"

刘裕，佚名绘。

“数十人就够了。”傅亮说。

第二天，傅亮就从寿阳回到京师建康，觐（jìn）见了晋恭帝，对恭帝说：“现在全天下都仰慕宋王刘裕的威德，所谓众望所归，陛下应该禅位给宋王了。”说着，便从怀里掏出一份写好的让位诏书，请恭帝签字。

晋恭帝名义上虽然是皇帝，却毫无实权，不过是个傀儡而已，同时，又看到哥哥（安帝）被杀，心里一天到晚恐惧不安，现在傅亮要他让位，他不但不以为忤（wǔ），反而很高兴地说：“要我让位，我是心甘情愿。”立刻提起笔，用红纸把傅亮所拟的文稿照抄一遍，宣布禅位诏书，恭帝自以为让位以后，就可以避免像哥哥一样被杀的命运。

刘裕接受晋恭帝的禅让，即皇帝位，改国号为宋，是为宋武帝，这是南北朝时代南朝的开始。

从汉末到两晋，中国的社会极重门第，惟独刘裕出身平民，全凭战功当上了皇帝。所以刘裕深知民间疾苦，能破格任用人才，不重视豪门大族。

刘裕相当节俭，睡的是铁钉制成的床，脚上踏的是连齿木屐，一改魏晋以来的浮华之风。他去世的时候，把自己以前耕田用过的耒耜（lěi sì）陈列在宫中做纪念。后来他的儿子文帝看到这项遗物，想起刘裕一再告诫自己刻苦朴实的话语，颇为羞愧。刘裕若非即帝位两年以后就死去，他的成就应该更大。

田园诗人陶渊明

我们常用“世外桃源”形容一个地方的美好似乎是世界上所不该有的。这是因为晋朝的大诗人陶渊明曾经写过《桃花源记》，叙述有个渔夫偶然间到了一个大家从来没有到过的地方，与世隔绝，风景美丽，人民安居乐业，原来这些居民的祖先为逃避秦朝苛政迁来的，渔夫回去后再想重游旧地，却怎么也找不着了的虚构故事。使人读了，对桃花源神往不已。

陶渊明是中国历史上最伟大的文学家之一。提起陶渊明三个字，中国人总是亲切而温暖地会心一笑，而且立刻会想起他所写的“采菊东篱下，悠然见南山”那种耕田、赏菊、饮酒、隐逸的生活境界。历代对陶渊明作品的研究数量之多，除了唐朝的杜甫以外，恐怕没有什么人赶得上他。

陶渊明，字元亮，东晋末年人，后来晋朝亡了，他改名为潜。前面说过的那位搬运砖头、搜集木屑的陶侃，就是陶渊明的曾祖父。

当他少年的时候，家里非常穷困，但是他的心情很乐观，自称“猛志逸四海”，想要轰轰烈烈为国家做番事业。后来看着国家一天天衰弱，人民流离失所。最后刘裕篡晋，他一介书生没有扭转国运的力量，心情苦闷，只有寄情于诗酒。

陶渊明家有高堂老母，娶妻生子以后家庭负担更重，只好出来当一个江州祭酒的小官。过了没多久，就因为受不了官场上的拘束，与小人不合，跑回家里种田了。可是收入不足以维持家中开销，只好又出来，做过几次参军之类的小官。他对亲戚朋友说："我呢，也不求多的，只希望能有办法喝到酒便可。"

后来，陶渊明当了彭泽令。

陶渊明到了彭泽县，命令县里的公田，全部改种秫（shú）稻（是一种可以酿酒的黏稻）。

他太太知道了，立刻劝阻："全部种秫用来酿酒，这像什么话，让上级长官知道了，你好容易得来的彭泽令又要丢了！还是改种粳（jīng）稻吧。"

陶渊明不肯听，双方争执不休，最后采取了折衷政策，一半种秫，一半种粳稻。

陶渊明性情纯真，讨厌一切虚伪和欺骗，更学不来对上司逢迎巴结。一天，郡里派了一个督邮来考察县里的政绩。按理，他应该立刻换上礼服，系上束带，恭恭敬敬去迎接督邮驾到。

陶渊明把束带一甩，叹口气道："我怎么能为了区区五斗米的薪俸，低着头弯着腰，去侍候这种乡里小人，算了，我不干了！"说着，立刻辞职回家。

他还写了一篇《归去来辞》，表明"富贵非吾愿"的心迹，如今是"鸟倦飞而知还"，从此他一辈子再也没有做官。这篇《归去来辞》，是中国文学史上光芒万丈的好文章，写得好美、好丰富，又发自他坦荡无邪的心灵，难怪如此受人欢迎。

后来朝廷征他做著作佐郎，他不肯去。江州刺史王弘很赏识他的才华，他也不理。

有一天，王弘事先知道陶渊明要到庐山去，他就请陶渊明的老友庞通之在山道摆了酒，准备把陶渊明留下。

陶渊明的脚不好，不方便走山路，由两个门生抬着篮舆（yú）（一种像篮子般的轿子）前来。遇到了庞通之，听说有好酒，便开

陶渊明，明陈洪绶绘。

心地到亭子里一杯又一杯地喝起来。

这时躲在后面的真正主人——王弘出来了，两人相谈甚欢。虽然陶渊明还是不愿出来做事，王弘却对陶渊明佩服万分，以后常差人送酒给他喝。他家里如果有客人来，只要有酒，一定拿出来待客。陶渊明自己醉了，也就不客气地说："我醉了，想要睡觉，你可以走了。"他就是如此率真。

陶渊明虽然喜欢喝酒，可是常常穷得买不起酒，如果有人送了他几斗酒，他一定在酒里掺点水，凑合着多喝几天。虽然家里穷苦，一度还乞食，却不改其乐，正如他在脍炙人口的《饮酒》诗中所说："结庐在人境，而无车马喧，问君何能尔？心远地自偏。采菊东篱下，悠然见南山，山气日夕佳，飞鸟相与还。此中有真意，欲辩已忘言。"把一个清静恬淡、诗酒为乐、安贫乐道的陶渊明，生动地呈现在我们眼前。

魏晋南北朝的人奢侈、矫情，所以表现在文学上的，也是做作、浓艳。陶渊明可不，他是一个率真的文人，用浅显白话的文字，描写农村田园的日子，自然又充满了感情。因为这些诗，提高了魏晋浪漫文学的地位，建立了田园文学的典型。

总之，陶渊明那纯净的思想，高超的人格，优游而闲适的生活，完全与他的作品合而为一，构成了他永恒的生命。

刘彧被称为猪王

中国历朝历代虽然都有荒淫的君主，可是南北朝荒淫的君主似乎特别多，现在先讲刘裕建立的宋朝（史称刘宋）时期的荒淫君主。

由于刘裕是乡豪出身，又忙着以武力诈取天下，没有时间顾及家庭教育，也没有好好请师傅教导子侄，加上即帝位不满三年便去世了，因此宋朝的后代皇帝多不成材。

宋武帝刘裕去世以后，继位的少帝、文帝还算可以，到了孝武帝渐渐不行了。

前面说过，刘裕很俭朴，所以去世时特别把用过的耒耜（lěi sì）留在宫中，希望子孙勿忘当年耕田的辛苦。

孝武帝一日翻修宫殿，看到了耒耜，群臣都夸赞武帝的勤俭美德。孝武帝“哼哼”地冷笑了两声：“这个乡巴佬，能得到这些，对他来说已经太好了！”

孝武帝已经相当不肖了，不料他的儿子子业更不像话。孝武帝死，子业继位，是为前废帝。

子业即位时，正是十六岁的年纪，他从小狂妄霸道，常常受到孝武帝的责备，骂他不长进。因此，孝武帝去世时，子业非但不哀伤，反而手舞足蹈。

不仅如此，子业想起当年做太子时很不得孝武帝的宠爱，一发脾气，立刻嚷着要去掘孝武帝的坟墓。

群臣急忙阻止这项疯狂的举动。太史劝他道：“这样做，将被天下耻笑，对皇上不利。”但子业一肚子的火气没处消，他就差人运来许多粪便浇在他父亲的坟墓景宁陵上面，算是他扫墓的方式。

子业对父亲不孝，对母亲也一样。

太后病危时，想要唤子业来见最后一面。差人去请了好多次，子业就是不肯来。

“病人的房间里有鬼，我才不要去哩。”子业对宫女解释道。

太后知道了，气得对宫女大叫道：“来啊，拿把刀子来把我的肚子剖开，看一看我肚子里有什么妖怪，害我生出这样的妖孽儿子。”

一天，子业到太庙去看画工画的画像。他指着武帝刘裕的画像说：“他是个大英雄，生擒了几个天子。”又指着文帝的画像说：“这个也还不错，可惜晚年被儿子干掉了。”再转到他父亲孝武帝的画像前，惊奇地说：“不对，不对，他有一个又红又大的酒糟鼻，怎么没有画出来?”立刻传令画工补上一个赤鼻子。

酒糟鼻是一种病症，又叫赤鼻症。因为消化不良，加上饮酒造成红红的大鼻疱，非常难看。子业存心羞辱他父亲，所以叫画工特别强调这个缺陷。

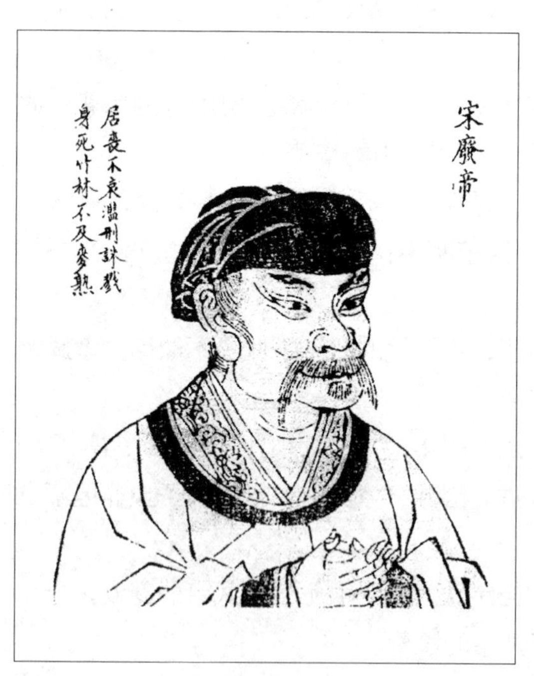

宋废帝刘子业，选自《历代古人像赞》。

子业很讨厌宗室诸王，又怕他们造反

作乱。于是，他将叔父始安王休仁，山阳王休祐（hù），湘东王彧（yù）都拘禁在建康，常常把三王押到殿上，用鞭子抽打，命令他们在地上打滚，施以种种凌辱。三王都很胖，子业把他们关在笼子里，称休仁为杀王，休祐为贼王，刘彧身体最胖，干脆就叫猪王。

子业用一个大木槽，里面装满了米饭与杂食搅拌在一起，再建了一个土坑，里面盛满了泥水，他要刘彧全身裸体，像猪一样，站在泥水坑里，学猪的样子，以口就食槽里的食物，子业看了，乐得拍手大笑。

一次，倒楣的刘彧又忤逆了子业的意旨，子业派人把他像猪仔一般五花大绑起来，命令道："今天要宰猪。"

杀王休仁要救刘彧一命，知道直言劝诫是没有用的，弄不好自己一条命也赔了进去。于是他笑嘻嘻地说："不对，猪还不能宰。"

"噢，为什么？"子业问道。

"等到明年皇子生下来，再杀猪作为汤饼宴，这样不是更有趣吗？"

"有道理。"子业大笑着说，刘彧算是逃过了一劫。

子业又盖了一座竹林堂，命令宫女脱光衣服，在堂内互相追逐。有一个宫女觉得实在太羞耻，不肯脱衣。子业大怒，命令把那宫女给杀了。

当天晚上，子业做了一个梦，梦见一个女人对他大骂荒淫无耻。子业醒后，在宫里搜索那些和梦里见到的女人面孔相似的，一起都杀了，可怜不少宫女就做了冤死鬼。

晚上，子业又梦到那些冤死的宫女，指着他骂道："你冤杀我们，我们要告到老天爷那儿去。"

子业醒来，立刻召女巫来查，女巫说竹林堂有鬼，于是子业命令几百个宫女和自己一起去捉鬼。

鬼怎么捉？其实是胡闹。宫女们在竹林里跑来跑去，子业手执弓箭随便乱射，说是射鬼，有些倒楣的宫女被射中，没有捉到鬼，却真的变成了鬼。

子业荒淫残暴，不但宫女们人人自危，子业身边侍候的倖（xìng）臣也很恐惧，因为子业喜怒无常，高兴时会厚赏，可是一转眼，心里忽然不高兴，就会杀掉这些倖臣。当然，心里最恐惧的是号为猪王的刘彧，他时时刻刻都担心子业会心血来潮就“杀猪”。

有一天，子业宣布去洞庭湖游玩，同时出发前一天杀掉刘彧、刘休仁与刘休祐。刘彧心想，这次恐怕是逃不过了，当天夜晚与子业身边的侍者寿寂之、姜产之等十一人密谋，在宫中杀掉了子业。众人立刘彧为皇帝，是为宋明帝。

宋明帝当年受子业的种种羞辱，自己当上皇帝以后竟然也和子业差不多荒淫。明帝在位八年就死去了，他的儿子刘昱即位，是为后废帝。他也有许多荒唐的故事。

肚皮当箭靶

上回说到，宋朝的前废帝被杀，号为猪王的刘彧即位，是为宋明帝。明帝不是一个好君王，宋朝传统的不重视教育，使得明帝的儿子刘昱更加无法无天。

刘昱五六岁的时候，已经相当调皮捣蛋。他喜欢爬竿，一爬就爬了一丈之高，而且在上面做出种种危险的举动，谁也拦他不住。

渐渐长大以后，刘昱益加蛮横，喜怒无常，使得侍候他的宦官非常不幸。他稍不如意，伸手便“啪”的一记耳光。

古代皇帝出宫是一件少有的大事。刘昱贪玩，不理会这些，几乎每天都偷偷外出，半夜出了承明门，要到第二天清晨才返宫。有时清晨出宫，傍晚才回宫。

跟着刘昱出宫的侍从，手上都拿着刀矛。路上遇到的，不管是行人，是狗是马或是驴子，只要刘昱看不顺眼，当场一剑刺死。吓得老百姓听说是刘昱出宫，马上把大门掩上，也没有人敢上街。

一回，刘昱发现随从孙超口里蒜味很重，他竟下令“剖腹”，说要看看这股蒜气到底从哪儿冒出来的。

刘昱每天出游，不杀人不见血便不愉快。杀人当然是可怕的事，左右随从的人如果看到杀人时皱一皱眉头，刘昱就会立刻拿矛尖去刺那人的眉心，被刺的人当然也就一命呜呼了。

有时到了荒郊野外，看不到人可杀，刘昱也会去杀野狗，然后与左右随从大吃狗肉。

刘昱这种残暴的行径，实在是心理变态。

刘昱听说沈勃家里财宝很多，他想据为己有，便挥着大刀去找沈勃家抢劫。

沈勃看见杀人魔王到来，自知难逃一死，怒由心生，一把揪着刘昱的耳朵，破口大骂："你这个该死的混账皇帝，你所犯的罪比起桀（jié）纣还要多！"当然，最后沈勃还是被宰了。

刘昱读书、写字样样没有兴趣，可是说也奇怪，他没有学过缝纫，裁衣作帽无不精通。未尝吹奏过篪（chí，一种像笛的管乐），竟然一拿起来，就吹得抑扬顿挫，很有韵味。或许他真不该生在帝王之家。

这个时候，朝廷里有一位大臣，名叫萧道成。远在明帝时代，四方叛变，就是萧道成以辅国将军的名义平定乱事。

后来，明帝去世时，遗诏萧道成为"右卫将军，领卫尉，加兵五百人，与尚书令……等共同掌机事，又别领东北选事，寻解卫尉，加侍中领石头戍（shù）军事"。从这一长串的官名，可以想见他当时的权势之盛。

在古代帝王时代，政治的权力完全集中在帝王一人身上，因此古代最高政治权力具有强烈的排他性。萧道成的力量太大，刘昱自然心中不是滋味。

有一天，刘昱闯入萧道成家中，这时正是盛暑的中午，天气热得不得了。萧道成把上衣卷了起来，露出一个光光的肚皮，正在呼呼大睡。

萧道成听到声音，睁开眼睛一看，原来是皇帝驾到，连滚带爬翻身下来，哈着腰准备下跪。

"慢着，"刘昱瞪着萧道成圆圆大大的肚皮，忽然心生一计，呼道，"站好！"萧道成不知做错了什么事，挺着肚子呆立一旁。

"来啊，萧将军的肚子不错，正适合用来作为我的箭靶，快快去帮我画好。”

于是左右拿了颜料，在萧道成的肚皮上画上一圈又一圈的箭堋（péng），中间的肚脐眼就当成是靶心。

萧道成，选自《历代古人像赞》。

大家都知道刘昱是杀人有瘾，如果哪一天没杀到人，一整天都闷闷不乐。所以，谁也不敢上前劝阻，只好眼睁睁等着刘昱拉弓。

这时，有个聪明的侍从道：“萧将军大腹便便，实在是难得一见的好箭靶。一箭射死，不能再用，岂不可惜，不如改用骨镞（zú）射之。”

“对，有理！”刘昱接受了这个建议，改用骨头制的箭矢射出去。一箭刚好射中萧道成的肚脐眼。

“哈哈！”刘昱大笑，把弓一抛，手往空中一扬：“怎么样，不愧为神射手吧！”

萧道成的肚脐挨了一箭，疼得要命。这还算好，要是没换上骨镞，早已一命呜呼了，因此，他冷汗直流。

隔了不久，又有人向刘昱打小报告，说萧道成威名太盛，不利皇上。刘昱气得磨着铁矛道："看我明天杀了道成！"

萧道成听说了，又直冒冷汗，于是决定先下手为强。

刘昱的左右随从对刘昱也是恐惧万分，因为弄不清楚什么时候刘昱一不高兴，左右随从就会遭殃了。有一个叫杨玉夫的人，很得到刘昱的宠爱，常跟随刘昱左右。一天，刘昱忽然讨厌杨玉夫，指着杨玉夫骂道："明天杀你这个混小子。"杨玉夫吓得不得了，萧道成便和杨玉夫勾结，当天晚上，趁刘昱喝得大醉，杨玉夫和几个同党便悄悄地杀了刘昱，然后以太后的旨意为名，废刘昱为苍梧王，并拥顺帝为王。

第二年，萧道成逼宋顺帝禅位，自己当上皇帝，建国号为齐，是为齐高帝。

刘裕建立的宋朝，只传了短短的五十九年。纲纪败坏，道德没落，尤其在皇宫之中，骨肉相残之烈，是历代所少见的。例如孝武帝有九个儿子、四十多个孙子、六十七个曾孙竟然全被杀光。

刘宋朝之所以会落得如此下场，一方面是因为皇室不注重家庭教育，另一方面是因为从魏晋以来，风俗奢靡，道德败坏，为达目的不择手段所造成的结果。

荒唐皇帝萧昭业

萧道成灭了宋朝，建立了齐朝，史称萧齐，是为齐高帝。

萧道成当了皇帝以后，曾对他的太子萧赜说："宋朝如果不是骨肉相残，怎么轮得到我们夺取天下当皇帝？"

当萧道成说这句话时，他和历史上所有开国的皇帝一样，希望齐能够世世代代永垂不朽。

却没有料到，宋朝还传五十九年，齐朝只传二十三年就灭亡了。这是因为齐朝开国的几位皇帝更加荒唐所造成的结果。

萧道成在位四年就去世了，他的太子萧赜继位，是为武帝。武帝在位十一年，政绩不错，史称为"永明之治"（永明是齐武帝的年号）。齐武帝死，皇太孙萧昭业继位，是为废帝（以后被废，所以称为废帝）。昭业颇有一些小聪明，狡猾又贪玩，在还没有做皇太孙时，常和无赖子弟在一起玩，可是父亲（齐武帝的太子）管得很严，不肯给钱，昭业便偷偷地向富人去借钱，那些富人不敢得罪昭业，只好照给。

昭业的那一批狐朋狗党陪着昭业吃喝玩乐，昭业许下诺言，如果做了皇帝，都一一预先封爵任官。他的父亲去世的时候，昭业在灵堂上哭得死去活来，来吊祭的人都十分感动，觉得昭业十分孝顺。

可是，昭业从灵堂一回到内室，立刻欢笑作乐。葬礼完毕，武帝到太子宫去，昭业跪在地上痛哭流涕，武帝觉得这个孙子真是有孝心，便决心立昭业为皇太孙，而不另外立太子。

昭业早就想做皇帝，要求女巫杨氏作法，父亲死了，自己被立为皇太孙，昭业认为是女巫灵验，又求杨氏祈祷武帝早死。不久，武帝病重，昭业一面在武帝床边假装照顾，一面给他的妻子送一张字条，纸中央写了一个大大的喜字，周围绕着三十六个小喜字。

武帝死后，昭业即位，每日迷于赌博、歌舞、斗鸡、和女子鬼混，不理会朝政。辅政大臣萧鸾（萧道成的侄子）有篡位的野心，见昭业如此荒唐，便派人入宫去杀掉昭业，废去他的帝位，改封为郁林王。

昭业被杀，萧鸾改立昭业的弟弟昭文为皇帝。不久，又废昭文为海陵王，萧鸾自立为帝，是为齐明帝。

因为齐明帝得位不正，所以他的心里惴惴不安，时常担心高帝、武帝的子孙会谋夺他的皇位。一不做二不休，他准备杀光一切可疑的宗室，以除后患。

有人说，这是金翅鸟下殿要搏食小龙无数。（明帝名鸾，鸾是金翅鸟。）

在明帝建武年中，人们只要看到他烧香火、拜佛，对天跪拜，呜咽流涕，泣不成声，这表示明帝准备今晚要动手杀人了。至于为什么要烧香又要哭，不晓得是猫哭耗子假惺惺呢，还是心里也有一点儿怕？

明帝每回杀人，总是选在三更半夜，率领大批兵马把要杀的对象的家宅团团围住，然后派人用斧头把墙砍倒，冲入杀人。

当时高帝、武帝的子孙命运悲惨，朝不保夕。每天上朝，个个都是弯腰驼背，鞠躬俯偻（lóu），不敢把脸扬起，生怕被明帝看上，性命就不保了。

有天，桂阳王萧铄（shuò）见了明帝后，出来对人说：“我前天看到皇帝哭得好伤心，当天晚上邓阳王便遭殃了。今天皇帝又哭哭啼啼，面有愧色，我怕该轮到我了。”果然不幸言中，就在当天晚上，萧铄一命呜呼。

以后，明帝陆陆续续地把高帝、武帝的子孙都杀光了，像宋朝那样的骨肉之祸，又再次重演。这也是魏晋以来风气使然。

明帝去世，他的儿子宝卷即位，是一个更宝气的皇帝。

宝卷小时候不喜欢读书，他最爱玩的游戏是——捕老鼠。经常晚上不睡觉，率领着大小太监在宫里捕鼠为乐，闹得通宵达旦，人人都不得安眠。

宝卷虽然不学无术，杀人的本领却很高明。明帝在临终前交代他：“做事不可落人之后。”所以宝卷杀人都是神不知，鬼不觉，让人措手不及。

潘妃行于金莲花上，南齐皇帝萧宝卷号为“步步生莲花”，选自《吴友如画宝》。

宝卷又大造宫室，穷极奢侈。他宠爱一个叫潘妃的，不惜耗费巨资为潘妃打扮，单单一个琥珀钏就用了一百七十万。又把金子铺在地上，将金子凿成莲花状，命潘妃在金莲花上一路款摆而来，号称为“步步生莲花”。他还喜欢和潘妃玩买卖游戏，自己当屠夫，杀猪剁肉忙得不亦乐乎。百姓纷纷叹息，甚且编了一首歌谣《至尊屠肉》讽刺他。至尊是至高无上的意思，指皇帝。

买卖游戏玩久了也玩腻了，宝卷又想起一个新主意——种树。种树也不是一件简单的事，尤其在炎炎夏日。宝卷种的树，每次一早种下去，到了晚上就死了，把他气得要命，一肚子的火无处可消。

一天，宝卷出外游玩，远远看到有株大树，亭亭如盖，一片绿阴。宝卷很不服气道：“我是皇帝，这样好的一株大树，当然应该是我的。”

于是，宝卷下了一道命令：“把树给我搬回宫里去——”

那株大树是百年老树，根枝盘错，哪儿可以说搬就搬。宝卷不管，他差人把墙给毁了，屋拆了，硬是把这株合抱大树搬回宫里去。

大树刚刚移植下去，宝卷开心得很，找了一群宫女围着树又笑又唱。到了中午，太阳一晒，这株没有根的大树马上焦枯而死，宝卷觉得十分扫兴。

他不研究种树的方法，也不耐烦把种子撒下去，一天一天看它长大。仍旧用的是蛮干的方法，派兵去搜查，看看哪家有大树，便把大树给硬抢过来，弄得老百姓苦不堪言。

东昏侯萧宝卷的昏庸残暴

东昏侯宝卷荒唐的事还真不少，我们再继续说一些他的故事：

东昏侯宝卷的父亲齐明帝刚死，依照中国的规矩，要择吉日才能下葬。宝卷厌恶明帝的灵柩停放在皇宫内太久，便想草草了事，赶快埋葬掉算了。

大臣徐孝嗣期期以为不可，据理力争，才算没有草率下葬。当明帝吊祭之日，依照礼节，孝子是要跪在灵柩（jiù）旁边大哭，表示思念亡故的父母，可是，宝卷就是怎么样也不肯哭。

"陛下，"主持丧礼的官员悄悄地对宝卷说，"你坐在灵柩旁边，看到有人进来拜祭的时候才哭一两声，这样可以省一点力气，也同时顾到了礼节。"

宝卷点点头，不久，一位大臣入殿拜祭明帝，宝卷却一声不响，根本没哭。

"陛下，"主持丧礼的官员跑到宝卷身旁，小声地提醒道，"你该哭一两声。"

"不行，我喉咙痛，哭不出来。"宝卷大声地说，弄得主持丧礼的官员和前来拜祭的大臣惊愕地呆住了。

接着，有一位名叫羊阐（chǎn）的大臣前来拜祭，羊阐跪在明帝灵柩前痛哭流涕，不断叩头。忽然，羊阐的帽子在叩头时掉到地上，羊阐是个秃头，就露出一个亮亮的光脑袋，宝卷看了，忍不住乐得大笑："看啦，这个大秃头哭起来好好玩啰！"

左右的人对宝卷这种行为真是不知所措。

宝卷虽然做了皇帝，却不理政治事务。古代大臣们上朝时都在清晨，可是，宝卷每天夜晚要喝酒作乐，清晨当然起不了床，总要弄到中午时分才会见王公大臣，可怜那些王公大臣自清晨起一直等候皇帝，真是苦不堪言。

有一年元旦，宝卷前一晚疯得一夜没睡，一大清早被宦官们逼到大殿前，接受大臣们拜年，一套拜年仪式刚完，宝卷觉得好困，他也没宣布散会，就独自跑到大殿西侧的一个房间，一侧头便呼呼大睡。那些参加拜年典礼的大臣，没得到皇帝下令散会，都呆呆站在原位不敢走动，这时，寒风凛冽、雪花飞舞，从清晨站到中午，许多人都当场冻僵昏倒。

中国古代皇帝大权在握，各机关的公文都得呈报皇帝，请皇帝批示。宝卷对那些公文毫无兴趣，经常堆在宫里，不加以处理，时间一久，许多公文都找不到了。原来皇宫里的宦官常会把宫里的鱼肉，偷一些带回家去，当然不能明目张胆地把鱼肉拿在手上带出宫去，他们发现皇帝的书房里堆了许多纸，皇帝很久都没有动过。于是，便把那些纸拿来，包了鱼肉带回家去。后来才被人发现那些包鱼肉的纸竟然是政府各个机关呈报皇帝的重要公文。

宝卷虽然不处理政治事务，对玩乐却是兴趣浓厚，而且天性残忍。宝卷喜欢骑马带着大批卫队出游，每次出游，不喜欢被老百姓看到，便规定出游之时，前导的卫队击鼓，人们听到了鼓声马上走避，如果走避不及，被卫队发现，便立刻格杀。

宝卷每次出游，没有固定的路线，没有一定的时间，所以弄得京城建康附近的居民每天恐慌不安。

最可怜的是一些病人，不能行动，听到鼓声，家属们赶快把病人扛到路边的草丛躲起来，扛得慢了，地方官吏会立刻追打，有些病人竟然当场被打死。

有一次，有个病人被家人扛到小溪旁边，也许是扛不动了，便把病人放在溪边，地方官吏怕被皇帝发现，会责怪下来，便一把将病人的头埋入水中，病人就给淹死了。

还有一个女人快要生产了，听到鼓声，在床上叫肚子痛，宝卷经过这个屋子，听到屋内有人声，进去一看，才知道这个女子快生产了。

“你们猜，她肚子里的孩子是男是女？”宝卷问。

“男的。”有人说。

“女的。”也有人说。

“我来看一看，究竟是男是女。”宝卷拿出长剑，对准那女子的肚子刺下去。于是，那个可怜的女子便一命呜呼了。

有一个叫朱光尚的人，自称能够看到鬼，他向宝卷说：“我看到先帝面对皇宫，一副怒气冲冲的样子。”

“这个死鬼，看我怎么对付他。”宝卷说着，便用稻草扎成一个人形，背后写着齐明帝的名字，然后将稻草斩首，把头挂在皇宫的门口。

由于宝卷太过昏庸残暴，在雍州拥有重兵的萧衍便起兵作乱，进攻建康，宝卷便下令招募士兵，招募不到，就强迫征召，弄得民怨沸腾。

萧衍的军队到了建康城外，宝卷的军队屡战屡败，大将茹法珍请求宝卷赏赐士兵以激励士气，宝卷不肯，反而对茹法珍说：“萧衍是要来捉我，不是抢我的钱，你们为什么反而要我的钱？”

宝卷舍不得钱，不肯赏赐，士气十分低落，将军王国珍、张稷害怕宝卷会随时借战败的名义杀人，又怕萧衍进攻建康时对自己不利，真是焦虑万分。

于是，他们暗中勾结了宝卷身边宠臣钱强、崔叔智，共同计谋。有一天晚上，钱强和崔叔智偷偷打开了皇宫大门，王国珍、张稷带兵入宫。这时，宝卷正在和一个妃子吹笙唱歌，尽兴欲睡，听到报告，说有军人入宫，宝卷赶快从床上跳起来想找一个地方躲一躲。

不料，身旁的宦官黄泰平竟然抽出一把小刀刺过来，宝卷一闪，小刀刺到宝卷的膝盖，宝卷痛得向后倒下去。更想不到，一个叫张齐的宠臣正好冲进来，大刀一挥，就把宝卷的头给砍了下来，这个昏庸残暴的皇帝就死在自己宠信的佞（nìng）臣手下。

萧衍顺利地进入建康，以太后的命令废去宝卷的皇帝名位，晋封宝卷为东昏侯，当然，这个封号是一种讽刺。

宝卷既死，和帝继位，萧衍封为梁王，掌握政治大权。过了两年，萧衍篡位，自立为皇帝，以国号为梁，是为梁武帝。

梁武帝迷佛

萧衍灭掉了齐朝，建立了梁朝，是为梁武帝。梁武帝是南朝（宋、齐、梁、陈）之中，在位最长的一位君主，即位有四十八年之久，是南朝最兴盛的时代。

前面说过，宋朝、齐朝两代的君主都是不学无术，没有家教，干尽了天下的荒唐事。梁武帝虽然也是用武力抢夺天下，倒是很有学问修养，骑射、声律、阴阳八卦无一不精。经常到了半夜，还点燃了烛光，埋首研究学问。他制礼作乐，提倡儒术，正式建立国学，学生除了王公大臣子弟以外，皇室和宗室子弟也一律要入学读书，又在京师建康设立士林馆，聘请学者来讲学。所以，梁武帝时代是南朝教育最为发达的一段日子。

同时，梁朝和北方的北魏时有战争，梁还打过大胜仗。天监五年（506 年），梁将曹景宗大败北魏，北魏将士死于淮水中者达十余万人，另外，有数万魏兵被俘，这是淝水之战以后，南朝难得的大胜利，因此，梁武帝的前期，国势蒸蒸日上，历史上称之为“天监之治”（天监是梁武帝的年号）。

自从魏晋以来，社会风俗奢靡，梁武帝却是非常节俭。据说他穿的是粗布衣、破棉袄，一顶帽子戴了三年，一件衣裳穿了三年，还是舍不得换新的。他还规定，后宫的嫔妃衣裙不可拖到地上，免得浪费布料。

梁武帝不喜欢喝烈酒，也不爱听音乐，自律很严格，即使一个人坐在暗室，衣服、帽子都穿戴得整整齐齐。

在大热天，旁人都把衣服松开，凉快凉快，梁武帝永远是穿得好好的，即使在卧房中。

在寒冷的冬天，人们都恨不得在温暖的被窝里多待一会儿，梁武帝却四更天起床批阅公文，以至于手指冻伤不能握笔。

梁武帝个人操守极佳，历代皇帝所喜欢的声色犬马他全不爱。但是，梁武帝有一个大毛病——优柔寡断，缺乏魄力，所以他不能重用大将之才，反而宠信败将——例如萧宏。

萧宏是梁武帝的弟弟，当他率军进攻洛口时，心中胆怯，数十万大军不战而逃。梁武帝不但没有处罚萧宏，反而还任命他为骠骑大将军。

萧宏虽无作战的本领，却有贪污的才干。到处搜刮勒索，把敲诈来的货品满满的堆了一百多个房间，房间的门上都加了大锁。

有人看了奇怪，疑心房间里偷藏了武器，准备日后造反之用，秘密报告梁武帝："骠骑将军府后有一百多个房间，门户森严，看守极紧，恐怕有问题。"

梁武帝亲自前去察看，打开封条发现里面有三十个房间堆满了铜钱，其他七十多个房间中全是布帛、丝、绢等物。他看了好高兴，笑着对萧宏说："老六，你真有办法，我就知道你不会谋反。"从此对萧宏更加信任。至于萧宏贪污一事，竟丝毫不加以过问。

从这件事，可以看出梁武帝没有魄力，过分姑息、包容。到了梁武帝晚年，这种特性更加显明，因为，他迷上了佛教。

虽然佛教在汉朝时代已传入中国，但直到魏晋时代，才逐渐盛行。这是因为当时的人民天天过着悲惨的生活，悲观而绝望，渴求一种新的人生观来抚慰心灵。

梁武帝自从迷上了佛教以后，对于日理万机的政务感到无比的厌恶，对佛教愈迷愈深。到了后来，竟然穿着僧衣，升上法座，为僧尼讲解涅槃经。然后梁武帝说："朕不走了，朕要留在庙里……"

"什么，皇帝要留在庙里？这不成啊！国不可一日无君。"群臣纷纷跪在地上请求梁武帝打消主意。但是梁武帝意志坚决，自认为当年双手沾满血腥，现在要在佛寺中吃斋、拜佛、赎罪，作为寺中的奴隶。

萧衍舍身佛寺，选自明刊本《帝鉴图说》。

于是，武帝竟真的留在庙里修行了，群臣一筹莫展，最后想出了一个办法：从国库里拿出了一亿钱给庙里，算是为武帝赎身。臣子们又跪在地上，三请四请，武帝才极不情愿地回到了皇宫。

从此以后，武帝经常前往同泰寺讲经。到了太清元年（547年），他竟然又三次舍身同泰寺，要做和尚，最后还是用一亿钱赎了出来。

武帝本来已经很节俭，信佛教以后，更刻苦到近乎自虐。每天只吃一餐，鱼肉是绝对不进口，连吃素也吃的是极差的菜蔬。

他受了佛教"不杀生"的教义影响，慈悲为怀，每次碰到要判死刑，总是一天郁郁不乐，痛苦万分，以后他更干脆不判死刑。哪怕是部下犯了谋反的大罪，武帝也哭着原谅了他。

“皇帝是菩萨心肠，舍不得杀人”的消息传开以后，不得了，地方官吏任意侵害百姓，贪污纳贿公然进行，王侯贵族骄横淫暴，完全无法无天，反正皇帝不忍心处罚人。在这种心理下，国家一天比一天混乱，而武帝还在为自己的“修成正果”自鸣得意。

到了后来，竟然有人白天拿着刀子在街上杀人，更有那亡命之徒躲在王侯家里，官吏也不敢去逮捕，因为万一去了，反而被王侯杀了，也没有法律为之伸张正义。

有人去向武帝报告政治腐败、社会混乱的消息，武帝两眼一闭，跪在佛面前，口中喃喃念着：“阿弥陀佛，善哉，善哉！”希望自己的诚意能使歹徒改邪归正，这种自欺欺人的结果使梁朝走向了衰亡。所以，梁武帝的晚年，国势大为衰落，和前半期简直不能够相比。

此外，中国和尚食素，也是起自梁武帝。在此之前，僧人是食用“三净肉”，所谓三净肉是“不见杀，不闻杀，不为我杀”。按释迦牟尼创建佛教之时，要求僧人过着简朴的生活，不准蓄积财货，只能沿门托钵，施主施舍什么僧人也就吃什么，施主施舍肉，当然也就吃肉。

梁武帝慈悲为怀，不忍食众生之肉，他曾撰写过《断酒肉文》、《与周舍论断肉敕》等，规定僧人断食酒肉，梁武帝贵为皇帝，他的话是圣旨，所以，自此以后，僧人食素。

除了中原的和尚之外，泰国、日本、韩国、越南、不丹、尼泊尔，包括中国境内的西藏、内蒙古和尚可都是吃肉的“花和尚”。

侯景之乱

自从梁武帝迷上佛法以后，政务废弛。朝廷里的一班小人，认为皇帝宽大仁慈，容易欺骗，重要大事都蒙蔽着梁武帝。

梁武帝心中并非完全不知道，但是没有心思顾及，他成天在担心自己会下地狱，担心子孙会因为他而食恶果。早也拜佛，晚也拜佛，求菩萨怜悯他当年杀了许多人的过失。

就在这种情况下，爆发了历史上著名的侯景之乱。

侯景本来是北方东魏丞相高欢的部下，为人阴险残忍，目空一切。他曾拍着胸脯对高欢说："只要给我三万兵将，横行天下，看我把梁朝皇帝逮来。他不是喜欢拜佛吗？就让他当太平寺主吧！"

由于侯景自命不凡，因此他很看不起高欢的儿子高澄。曾经对人道："高王（指高欢）在，我不敢有异心，没什么话好说。可是万一高王死了，我可不能与这个鲜卑小儿共事！"

因此，当高欢染上重病时，高澄十分忧虑。

高欢便对儿子高澄道："儿啊，我虽然生了重病，但此后你可以一个人独霸天下，你为何看起来如此忧心忡忡？"

高澄不回答。

"是不是担心侯景叛变？"高欢问道。

高澄点点头，说道："正是。"

高欢说："侯景在河南地区专制已十四年，为人狡猾多计，反复难知，飞扬跋扈，我还能控制他的野心。可是等我过去后，他一

梁武帝萧衍，选自《乾隆年制历代帝王像真迹》。

定不会接受你的驾驭，你要小心啊！”

于是，高澄便假造了一道命令想把侯景召回，却被侯景发现命令是假的。侯景立刻率领所管的豫、鄂、荆、襄等十三州投降梁朝。

当时，梁朝和北方维持了一段和平相处的日子，侯景要来投降，梁朝的大臣们多半不主张接受，以免破坏双方和平友好的关系。可是，梁武帝不但接受侯景投降，马上封侯景为河南王，并且下令北伐，派遣侄子萧渊明为大将军。不幸，萧渊明被俘，梁军战败。不久，连侯景也被慕容绍宗打败，弄得梁朝人心惶惶。

这个时候，高欢刚刚去世，高澄地位未稳，他不想和梁朝开战，所以对萧渊明十分优待，并且放出空气，说是如果两国恢复邦交，萧渊明可以放回。

梁武帝一向疼爱萧渊明这个侄子。听到高澄肯放回萧渊明的消息以后，快乐得哭了起来，即刻派人前往东魏吊高欢的丧，表示愿意议和。

但是，侯景听到这个消息可火大了，他本是东魏的叛将，十分担心自己会成为两国和议的牺牲品。所以屡次上书，劝梁武帝不可与东魏议和，梁武帝不理会，侯景更加不安。

为了试验梁武帝的态度，侯景假造了一封东魏的书信，要求以贞阳侯（萧渊明）交换侯景。

梁武帝的答复是："贞阳侯旦至，侯景夕返。"

侯景看到回信，气得跳脚："我早就知道梁朝皇帝是个薄心肠的家伙。"决定造反。

接着，侯景占据了梁朝在淮水的重镇，到了寿阳以后，开始向朝廷提出种种要求，朝廷却表示同意。

不久，侯景又要求娶王家或谢家的女子为婚，这可给梁武帝出了一个难题。前面说过，南北朝继承魏晋的遗风，门第观念很重，贵贱阶级通婚简直是不可能的事。一些世家大族，连皇帝都惹他们不起。

所以梁武帝只好对侯景说："王、谢门高非偶（配偶），可以从朱家、张家以下寻访。"

除此之外，侯景要求一万匹锦做军袍，要求冶炼新武器，梁武帝都一一答应了。

梁武帝的理由是："就算是一个贫苦的老百姓，家里有十个、五个客人也都能让客人称心如意。朕只有一个客人，都不能让他满意，这是朕的过失。"反而又送了侯景许多锦彩钱布。

侯景看梁武帝好欺负，开始在寿阳起兵。梁武帝听说侯景造反，起先还不相信，笑着说："侯景这小子能做什么？"不久，也就不由梁武帝不相信了。因为侯景的军队渡过长江，直逼京师建康。

梁武帝发现侯景真的造反，派遣他的侄儿临贺王萧正德领兵去抵抗。不料，萧正德竟然暗中和侯景勾结起来。当侯景军队到达建康，萧正德开了城门，迎接侯景入城。

梁武帝得到侯景入城的报告，赶紧派羊侃守卫皇宫，由于羊侃的英勇，侯景攻不进皇宫，于是，拥立萧正德为皇帝，自己做了丞相。

梁朝各地为了声援皇帝，纷纷派军队赶来建康，这使得侯景心里害怕起来，他派使者与梁武帝商量，要求各地的援军回去，自己也不攻打皇宫了。

梁武帝信以为真，下令各地援军回去。不料，援军刚走，侯景便自毁盟约，向皇宫发动猛烈的攻击，皇宫终于被攻陷了。

梁武帝成了侯景的俘虏，侯景觉得萧正德已经没有利用的价值了，便杀了萧正德，自己做大丞相。

侯景逮住梁武帝以后，并没有立刻加以杀害，只是把梁武帝软禁在宫里，像个囚犯似的。

侯景的军士出入宫中，带着弓箭，骑着驴马，到处乱闯。梁武帝看着好奇怪，不晓得从哪儿冒出这些没有规矩的野蛮人。

直阁将军周石珍回答梁武帝说："这是侯丞相的甲士。"

"呸，什么侯丞相？他是侯景，哪里是什么丞相？"梁武帝气得发火。从此以后，梁武帝在宫中遭到非人的待遇，经常有了早餐没有午餐。不久，梁武帝气得生了一场大病。

在梁武帝太清三年（549 年）五月，他睡在净居殿中，口干得要命，想喝蜜水，没人倒给他，连呼"嗬，嗬"，最后又渴又饿而死。

以后，侯景被王僧辩所杀，梁元帝即位，却已无法收拾残局。北方西魏率兵南下，梁元帝一气之下，竟把江南自古以来的七万多卷藏书用火烧尽，自称"文武之道，今日尽矣"。在中国文籍史上，造成不可挽救的损失。

到了隋朝，牛弘曾说，自古以来书有五大厄难：一、秦之焚书；二、王莽之乱；三、董卓之乱；四、永嘉之祸；五、梁元帝江陵之倾覆。而以梁元帝时代的损失最重，可说是侯景之乱的后遗症。

昭明太子萧统

在南北朝时代，梁朝文风最盛。因为梁武帝本人极有文学修养，而他的儿子——昭明太子萧统，更是历史上有名的文学家。

昭明太子是梁武帝的长子，生下来就非常聪明。三岁开始读《孝经》、《论语》，五岁遍读五经，而且都能背诵。他看书数行并下，过目不忘，速读本领高超，是个难得一见的天才儿童。在他九岁那年，在寿安殿讲解《孝经》。小小年纪，竟然将《孝经》的含义发挥得十分透彻，使得在座的臣子大为佩服，梁武帝更是心花怒放。

昭明太子从小跟随母亲丁贵嫔住在永福省（皇宫中一座宫名），当昭明太子六岁时，依照规定，搬到太子所住的东宫去。昭明太子很依恋他的母亲丁贵嫔，心里闷闷不乐，却又不敢说出来。

梁武帝摸着昭明太子的头问："是不是想妈妈？"

昭明太子用力地点点头："对。"眼中闪着希望。他长得极为清秀可爱，一举一动都很有教养，流露出高贵的气质。梁武帝愈看愈疼，便准许他每五日一朝，其余时间留在永福省陪妈妈。

昭明太子为人宽厚，从不轻易责罚下人。譬如说，看到食物里有苍蝇，非但没有大呼小叫，反而悄悄地捡起来放置一旁，免得厨子因而受罚。

渐渐长大以后，昭明太子笃信佛教，爱好山水。他在风景胜地建立了一个"玄圃"，常常邀集名人雅士在此小聚。据传说，玄圃是昆仑山上仙人所居住的地方，所以昭明太子以此命名。

一天，昭明太子又邀了一些人到玄圃游玩，众人皆陶醉在此人间仙境之中。昭明太子诗兴大发，立刻卷起袖子写了一篇《玄圃诗》。

这时，同行的侯轨叹了一口气道："哎！可惜了，要是此处有几个美女吹奏丝竹之乐，岂不更妙？"

昭明太子微微皱了一下眉头，他也不批评侯轨"粗俗"，只随口吟了一句左思《招隐诗》中的一句："何必丝与竹，山水有清音。"侯轨便惭愧得低下了头。

以后，有人送昭明太子女伎、声乐，他都全无兴趣。整整二十年中不留声乐，这也是古代后宫少有的现象。

在梁武帝普通年间，因为大军北讨，京师的谷价贵得出奇，百姓个个吃不消。

昭明太子听说这件事，命令日常膳食缩减，减省布帛米粮。每逢刮风下雪，他就派遣心腹左右出宫，沿街巡行闾（lǘ）巷，周济贫困。若有蜷缩在道旁，无家可归的流浪汉，就塞他一大包粮食衣服。

他又拿出自己省下的布料，裁制了大量冬衣，在寒冷腊月里，一家一家送给冻得发抖的贫户。若是穷苦百姓死了无力殓丧的，他还为其准备棺木。而这一切措施，都是暗地里进行，他并不是要博得人们夸赞"太子仁德"的美名。

梁武帝信佛，昭明太子的母亲丁贵嫔也跟着信佛。因为过分刻苦，营养不良，长久下来，体力不支，病倒在床。

昭明太子一听说母亲病了，立刻赶到永福省照料。他朝夕侍候，真正做到衣不解带，每一碗药都是他亲自端给丁贵嫔，扶着她的肩喂下去的。

但是，昭明太子的一切努力，并没能挽救丁贵嫔的性命。当丁贵嫔过世以后，昭明太子一连昏倒数次，出殡以后，更是连水都不肯喝一口，每天哭得昏天黑地。

梁武帝知道这个消息，派了中书舍人顾协宣旨道："如果一个人不能忍受父母去世，以至于伤害了身体，这等于是不孝顺。你母亲去世了，但是我还健在，你这样做就是不孝顺。"

昭明太子接到命令，只好勉强进食，但也不过一天喝一碗麦粥而已。

梁武帝又再次下敕："听说你吃得很少，身体衰弱，我本来没有什么病痛，因为你如此，胸里仿佛塞了一块东西，也开始不舒服了。你赶快多吃一些，不要我为你挂心。"

尽管梁武帝一再下诏，但是昭明太子过于悲痛，毫无胃口，吃不下任何东西。他本来体格壮健，腰带十围，如今却瘦得连一半都不到。他上朝时，臣子们看了都不禁为之落泪。

昭明太子会读书，却并不是书呆子。梁武帝曾经要昭明太子代为处理国家政务，各机关的公文奏章都送给昭明太子批阅，昭明太子不

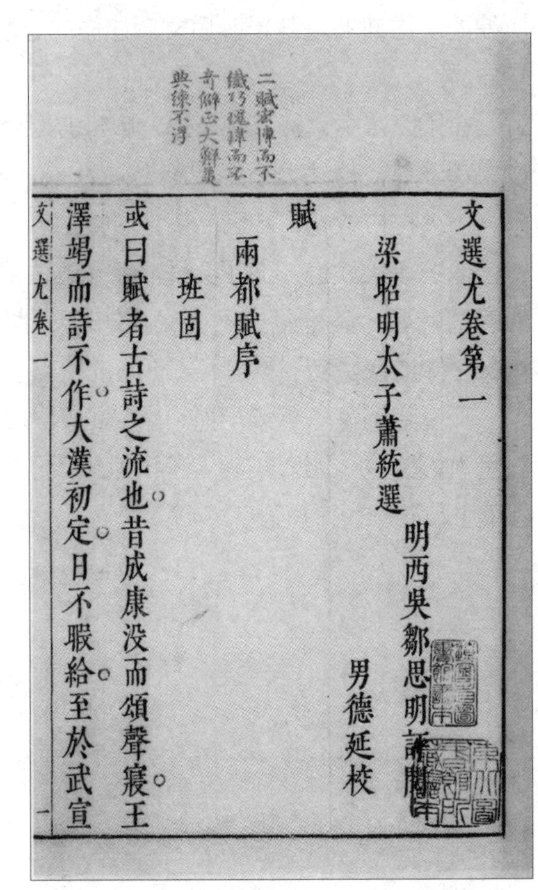
二賦宏博而不纖巧縱肆而不奇僻正大鮮美典練不浮

文選尤卷第一

梁昭明太子蕭統選

明西吳鄒思明評閱

男德延校

賦

兩都賦序

班固

或曰賦者古詩之流也。昔成康没而頌聲寝。王澤竭而詩不作。大漢初定。日不暇給。至於武宣

文選尤卷一　一

梁昭明太子《文选》书影，明代闵凌刻套印本。

慌不忙，每天把堆满办公桌上的公文一一细阅批示。

如果公文有错误或不妥当之处，昭明太子会指出错误之所在，或者分析哪些地方不妥当，要求承办人改正，却从不责罚任何人。对于重大刑案判决送到昭明太子面前，昭明太子总是从轻处罚，所以，人们都称赞昭明太子仁慈。

昭明太子在文学方面极有见地，为了纠正人们对纯文学的观念，特别搜集了有代表性的优良文章，编成一部书，共为三十卷，书名称为《文选》，后人则称之为《昭明文选》，表示这是昭明太子所编的。这部书是魏晋以后文章佳作的总汇，是中国上古文学的精华作品。

在梁武帝中大通三年（531 年），昭明太子三十一岁时，正是江南采莲季节，他乘坐小船在湖上采莲，一不小心翻倒溺于水中。后来，虽被打捞救起，却因而染上了重病。

他惟恐梁武帝知道了会挂心，不准左右把消息呈报上去，一直到病情转恶，还是坚持不让父亲知道。他哭着说："你们怎么忍心让父王知道我快死了？"不久便与世长辞了。

听说昭明太子英年早逝，京师的男男女女奔走相告，街上处处可见人们哭成一团。昭明太子虽然只活了短短的三十一年，但他的《昭明文选》却永垂不朽。

最昂贵的瞌睡

自从苻坚在淝水之战失败以后，北方陷于长期的分裂。到了南方的刘裕篡晋，建立宋，北方鲜卑种族的拓（tuò）拔氏也统一北方，成为南北对峙的局面。

鲜卑的拓拔氏本来是个游牧民族，因为中原大乱，边境空虚，拓拔种族便由漠北移民到了边疆，定都平城，建立宗庙，营造宫室，自称为魏，历史上称为北魏。慢慢的由游牧民族变为农耕民族。

拓拔魏统一北方是在太武帝时代，太武帝具有雄才大略，很能打仗。他的母亲杜氏是汉人，所以他是胡汉杂种；可是太武帝从小受鲜卑教育，且前前后后娶了三个皇后又都是胡人，因此自认为胡人。

鲜卑族本身没有文化，既然在中华版图上建国，不能不适应中华的环境。太武帝在始光三年（426 年）建太学，拜孔子，已开始有汉化的趋势。

前面说过，南北朝时代佛教盛行，而且是由北方往南方传的。当太武帝初起兵时，对佛教十分尊敬，在他的军队经过佛寺时，他会大声地喊口令："敬礼！"所有的兵士都要向僧寺敬礼。但是后来他却排佛得厉害。

为什么会有一百八十度的转变呢？原因之一，是许多人民借着出家逃避兵役，逃避赋税，反正当和尚不过念念经、扫扫地，

鲜卑人敕勒川狩猎图，乌盟和林格尔县北魏墓壁画。

十分轻松。如此一来，国家财政上少了赋税，军事上少了兵源。

其次，他听了道士的话，道士尊称他为“承天应命的真君皇帝”，意思是说，他天生的应该当皇帝，否则不合天意。太武帝听了心里很受用，也开始信道教，其实他并不懂道教的教义。

自从太武帝迷上了道教以后，三天两头召集诸子及朝臣集会，说是“朕要为你们说道教的教义”。

太武帝每次一讲下来总是又臭又长，大家都听得很无趣，也不耐烦，可是谁敢表现出不耐烦的样子，那可是大不敬啊。于是有一次太武帝正在口沫横飞，讲得连自己都感动万分，却看见毗（pí）陵王拓拔顺竟然在打瞌睡，伸懒腰。

太武帝气坏了，恶狠狠地瞪着拓拔顺，拓拔顺浑然不觉，口水流在嘴边，还呼呼地打鼾（hān），看样子，睡得挺甜的，还伸长了一条腿哩。

听讲的朝臣们发现太武帝怒容满面，大家都望着拓拔顺，心里为他紧张，却又不敢叫醒他。太武帝清一清喉咙，特别把嗓门提高，希望惊醒拓拔顺，没有想到拓拔顺不但继续睡，嘴角的口水愈流愈长，似乎好梦正酣（hān）。

这下子，太武帝不能再忍耐了，他心想：“这简直没有把我这个皇帝放在眼里嘛。”大喝一声：“拓拔顺，你睡醒没有？从现在开始，你已不再是毗陵王了。”

就这样，毗陵王一个瞌睡丢掉了王位，这恐怕是历史上最昂贵的一个瞌睡。

太武帝不但自己信仰道教，还要强迫全国人都信。他尊奉嵩山道士寇谦之为天师，并且在首都平城的东南设立了一个天师道场。道坛有五层之高，里面养了一百二十个道士，由国家每个月供给衣食。太武帝又盖了一个“静轮天宫”，直插云霄，它高到听不见地面鸡犬之声，太武帝认为如此可以上接天神。后来，他更改年号为太平真君元年（440 年），说这是“顺应天意”。至于佛教，太武帝下令禁止。称之为“夷狄之教”。其实此时的道教只是讲一些符箓（lù）、咒水、化金、长生之术，没多大道理。可是投太武帝之所好，于是，太武帝成为道教的虔诚信徒。

北魏佛像，敦煌莫高窟彩塑。

到了太平真君五年（444 年），太武帝听说贵族王公家里奉了不少沙门和尚，借此逃避兵役。当然，也不纳税。太武帝大怒，下令：“把这些沙门全部捉到官府里来，哪一个王公贵族敢抗命，朕要他的脑袋。”一时之间，许多和尚都遭殃（沙门就是和尚）。

到了太平真君七年（446 年）时，关西地方胡人发生叛乱，太武帝派兵平乱。乱事平定以后，太武帝军队经过西安，看见一座庙宇，他便走进去休息休息。

忽然间，太武帝在一个转角处，发现亮晃晃的金光。他走近一看，伸手一掏，赫然竟是一把利剑。太武帝奇怪道："咦，出家人不杀生，要这些武器干什么，莫非这庙里还有其他刀剑?"

太武帝一声令下："搜！"卫士们排开正在念经的和尚，在庙里大事搜索。竟然给他们找到了许多密室，每一间密室中都堆满了刀剑利刃，还有几大箱的黄金。

"这些是干什么用的？"太武帝气坏了，大声地指责和尚，"明明是准备造反，哼！幸亏被我发现了。"

他本来就对佛教抱有反感，如此一来更认定佛寺藏奸，沙门有反动嫌疑，所有和尚都不是好东西。下旨禁佛教、毁寺塔、焚经像，杀光天下沙门，先在长安实施，而后推行各地。幸而太子拓拔晃是个佛教徒，事先暗中通知各地沙门，趁早逃亡藏匿，收好佛像。然而魏境之中的佛塔，全部都被毁弃，成为佛教的一场空前浩劫。太武帝的消灭佛教，佛教界视为"三武之祸"的第一件事，另外两位企图消灭佛教的皇帝，是北周武帝与唐武宗，正好这三位灭佛的皇帝，他们的称号上都有"武"字，所以被称为"三武之祸"。

在太武帝去世以后，佛教又重新抬头，而且复兴后的佛教比以前更为兴盛。

魏孝文帝巧计迁都

前面说过，北魏太武帝信仰道教，把佛教贬为“夷狄之教”。但是到了他的孙子拓拔濬（jùn）时，不但恢复了佛教，而且亲自拿起剪刀，把五个人的头发剃个精光，到庙里去当和尚。各地的庙宇纷纷修复，我国历史上最著名的云岗石窟就是在这段时期内兴建的。

以后又传了几代，到了北魏孝文帝。孝文帝的祖母冯太后是个汉人，所以他汉化很深，自小要当一个汉人皇帝，他也是个佛教徒。

北魏孝文帝从小喜欢亲近书本，手不释卷。诸子百家都读得十分透彻，尤其对庄子很有研究，诗赋铭颂都作得极好。而且他作文章不是自己写，忽然灵感来了，马上口授，旁人用笔记下，记完以后，就是一篇妙文，连一个字都不必改。以前说过的曹操父子、梁武帝父子，都是以才学著名的君主，但他们都是汉人，北魏孝文帝本是鲜卑人，有这种成绩更是不容易。

在他亲自听政以后，首建明堂太庙，议订礼乐，祭祀尧、舜、禹、汤、周公，并且尊称孔子是“文圣尼父”。

因为他仰慕华风，深深以为现在的首都平城位置过于偏僻，不适合作为首都，最好搬到有深厚文化气息的洛阳。

同时，平城的气候寒冷，又没法通漕（cáo）运，实在不适合作为政教中心。

北魏“传祚无穷”瓦当，山西大同云冈出土。为北魏迁都洛阳前的建筑遗物。

如果北魏孝文帝只想统一北方，也就可以勉强凑合，但是他很想进攻南朝的齐，这样，洛阳就适合得多。

北魏孝文帝想要迁都的主意一提出，马上遭到大家的反对。老臣们都认为平城住得好好的，为什么要迁移？一般的老百姓也不赞成，他们交头接耳道：“我们的财产、帐篷什么的，都很难搬动，还有牛啊、羊啊，长途跋涉下来，恐怕要死了一半。有钱人还好，穷苦人家怎么办？”再加上大多数的人都是恋旧怀乡，因此很舍不得远离平城。

但是，孝文帝非常向往洛阳，洛阳是我国历史名都，文化水准高，且又经济丰厚，便于经略四方。这时，又有臣子上奏说：“以前在明元帝（太武帝的父亲）时代，曾经想把首都从平城搬到邺城，结果崔浩反对，因而作罢，皇帝难道忘了这件事吗？”

崔浩当时劝明元帝道：“国家迁都邺城，可以拯救今年的饥荒，却并非长久之计。我们鲜卑人居住在广大的沙漠之中，号称牛毛之众，到底有多少人，多少牲畜，谁也没有算过。总之，人数并不多。如果搬到邺城去，以有限的人口，必定住不满，而且水土不服，死伤大半，老百姓一定沮丧万分。北方的敌国如蠕（rú）蠕，也会乘机攻打咱们。”

而且，崔浩还说：“如今居住在北方，万一山东有什么变化，我们骑上快马，驱驰如飞，老百姓望尘震服，谁还会去计算到底有多少人马？这才是定国安邦之道。”

孝文帝知道此时如果宣布迁都，一定会遭到阻力。于是，他和拓拔宏、拓拔澄定下一个计谋，宣称要大举南征。

北魏骑兵俑，陕西省西安市草厂村出土。

太和十七年（493年），北魏孝文帝亲自点了三十万兵骑，从平城出发南下。

九月，军队开到了洛阳。将士们因为长久没有用兵，累得人仰马翻，对南征缺乏兴趣。

刚好这时洛阳天天大雨倾盆，军队开拔不得，窝在帐篷里又湿又烦，就更不愿意再前进了。于是一个个前来叩谏，央求停止远征，回去算了。

孝文帝正好利用这个机会宣谕道："兵行中途，哪里可以无功而还？如果不愿意南征，可以先迁都于此，以后再作平南之计。"

众人听到这个消息，拍手叫好，跪下来喊"万岁"。大伙实在懒得再动了，却不知中了孝文帝之计，就此定都洛阳。

孝文帝一面派人回平城告谕百姓，一面开始营建新都，自己则留在邺城指挥一切。到了第二年，北魏孝文帝把北魏的文武百官全部迁到了洛阳。

大约在这段时期，北魏有两个臣子穆泰、陆睿两人对迁都极不赞成。他们商议道："如今迁都洛阳似乎已成定局，此为不智之举，我们不如废掉皇帝，另外拥立阳平王当皇帝，一了百了。"于是他们准备发动政变，结果被孝文帝发现，两人都赔了老命。

迁都到洛阳以后，许多鲜卑人还是怀念老家平城。太子拓拔恂正是其中之一。

他奉命驻守金墉。有一天，忽然间，骑上快马直奔北方，说是"河南夏天太热，简直受不了"，结果被拦阻下来。北魏孝文帝就以太子私自逃亡为理由，把太子废为庶人（庶人是平常百姓之意），不久，更将太子赐死。

胡儿变汉人

北魏孝文帝为了要实行汉化政策，假装说要出征，把大家骗到了洛阳，然后迁都于此。

他费了好久工夫完成迁都以后，开始一步步实行他的汉化计划。

首先，北魏孝文帝自己先换上了汉人皇帝穿的衣着，然后命令臣下采一般汉人的衣冠。原先胡人衣狭而短，汉衣宽而长，大不相同。

有一次，北魏孝文帝出宫巡查，远远望见妇女们穿的仍是用夹领小袖的胡衣，非常的不高兴。第二天上朝就发脾气道："前次已下诏革衣服之制，你们为何违背前诏？"

朝臣们看到北魏孝文帝光火的神态，知道他不是说着玩儿的，回去后立刻彻底实行改衣服的命令。

换了衣服还不成，要接受汉人文化，首先得要懂汉文汉语。北魏孝文帝在太和十九年（495 年），禁止人民使用鲜卑语，一律改用汉语。

他也知道学习汉语不是一件简单的事，所以特别通融"三十岁以上的人，年纪大了改不过来，可以原谅。三十岁以下的人，在朝廷为官者，如果再用北语鲜卑语，应当降爵黜（chù）官"。

这一招相当厉害，臣子们为了保持官位，不得不努力学习汉文汉语。在朝廷上朝时也彼此劝诫："小心啊，别漏了嘴说了鲜卑语。"

北魏着汉装妇女俑，河北省景县封氏墓群出土。

接着，北魏孝文帝又认为鲜卑姓不雅，不如改为汉姓好听。而且鲜卑人本来是以自己所居的部落为姓，字数比较长，例如步六孤氏、勿忸氏等，一看便知是胡人。北魏孝文帝的目的是使胡人变为汉人，所以他把姓氏一齐改为单音。例如拓拔改为“元”，秃发改为“源”，以后胡人的姓氏与汉人变为同一个形式。

然后，北魏孝文帝又做了媒人，鼓励王室贵族和中原汉人的世家大族通婚。婚姻是血统混杂最有效的方法。

他先以身作则，将许多汉人女子纳于后宫，像范阳卢氏、清河崔氏、荥阳郑氏、太原王氏四姓，为中原衣冠大族，北魏孝文帝特纳这四大家族的女孩为妃。好在古来皇帝后宫的佳丽永远也不嫌多的。

在北魏孝文帝倡导娶汉女为妻的风气之下，他的弟弟咸阳王娶了颍川太守陇西李辅的女儿，另一个弟弟河南王娶了代郡魏明乐的女儿。以后胡汉通婚，就成为一件极为自然而普遍的事了。

虽然北魏孝文帝改衣冠、断北语、改姓氏、通婚姻，做了种种汉化的措施，然而，人心总是恋旧的，从前自北方迁来的胡人仍会想念老家；尤其北来之人，不习惯暑热，每到了酷热难熬的夏天，不免思念起一望无际的大漠，且有水土不服之苦。

同时，胡人也有落叶归根的观念。到了老去病死，仍要归葬在以前平城之地，总认为那儿才是他们的根之所在。

北魏孝文帝认为这种归葬老根的观念一日不除，汉化政策永远不能彻底实行。所以他在太和十九年（495 年）下诏："迁移到洛阳的北人，不必归葬。"于是在洛阳替鲜卑人建立坟场。中国人一向把自己的祖坟所在地看成自己的故乡。鲜卑人在洛阳既然有了坟场，世代葬在洛阳，所以南迁的鲜卑人，以后都成为了河南洛阳人。

此外，北魏的种种政治制度，无不模仿汉人，例如依汉法改订度量衡，仿效汉人的五铢钱制定太和五铢等等。并且搜求大量的遗书，研究中国的学术思想、典章制度。

在北魏孝文帝的积极倡导之下，加速了中华民族血缘文化的融合，使北魏由野蛮进入了文明，各方面都有了明显的进步，这是汉化成功之处。

任何事通常都是有利有弊，汉化政策的本身虽然成功了，但却使得鲜卑人失去了壮悍之气。尤其北魏的贵族迁都到洛阳以后，学习了汉人奢靡的风气，国势就一天天弱了。

关于这一点，北魏以前的君主就想到过了。以前在道武帝时代，他曾经派了一个叫贺狄干的人到后秦去。结果被秦王姚兴扣留下来，命他在长安读书，学《尚书》、《论语》。

后来贺狄干回到北魏，动作斯文，举止有礼。道武帝看着不顺眼，很生气道："这个家伙文绉绉的，像个中国读书人，说有多讨厌就有多讨厌。"然后把他杀了。

讲到这里，我们发现一个很有趣的现象，就是我们中国人一向认为"华夷之辨，辨在心"，这句话的意思是说，华人和夷狄之分别不在于血统，而在于文化，只要有文化就是汉人，否则便是胡人。

北魏孝文帝汉化以后，这些在洛阳的鲜卑人受了文化的熏陶，知书达礼，由胡人变为汉人。而这时，还留在北方的胡人，依旧保持胡风。于是双方原先都是鲜卑人却彼此看不起，南人嫌北人野蛮，北人看南人文弱，这种文化上的冲突，以后便酿成了六镇之乱。

北魏也有斗富的故事

在上一回《胡儿变汉人》之中，我们说到北魏孝文帝积极汉化，励精图治。很可惜，天不假年，北魏孝文帝还来不及进一步施展抱负，只活到三十三岁就去世了。由太子恪（kè）即位，是为宣武帝。

宣武帝即位时才十四岁，不得不由他的叔父彭城王、北海王、咸阳王等共同辅政。这些王彼此不合，明争暗斗，都想要夺取更多的政权。

其中咸阳王的势力最大，位居群臣之上，是为上相，他不亲政务，骄奢贪淫，多为不法。宣武帝看到咸阳王就生气，而且咸阳王似乎也没有把小皇帝看在眼里。

有一次，咸阳王向领军于烈要求派些执兵翊（yì）卫给他，好跟着他进进出出，增加一些气派。

于烈说："我作为领军，责任是管理皇宫的安全，没有皇帝下诏不可以将皇宫的卫队随便调派。"

咸阳王轻蔑地说："我，天子之叔父，身为上相，有些什么要求也是应该的，我的话与天子之诏有何不同？"

结果，于烈还是没有答应咸阳王，并且跑去告诉宣武帝："现在诸王专恣（zì），难保以后会出什么差错，不如早日罢退诸王，自行亲政。"

同时，又有另一人对宣武帝说："听说彭城王很得人心，万一让他长久辅政，恐怕对皇上不利。”

于是，宣武帝接受了臣下们的建议，在一天上朝的时候，突然宣布亲政。咸阳王不服气，阴谋发动政变，宣武帝早料到他有这一招，很迅速地把乱事平定了。

糟糕的是把诸王罢退后，留在宣武帝左右的都是一些小人。他本人又没有多大才能，国势一天比一天衰弱。其中有一个叫赵脩（xiū）的，尤其博得宣武帝的宠爱，在十天半月之中，一连升了好几次官，最后竟做到了光禄卿的大官。而每一次升官，宣武帝居然亲自到赵脩家中参加庆功宴，王公百官都跟在后头。

除了吏治不良，北魏的风气也日渐败坏。北魏本来是比较朴素的，一方面是胡人尚武而文化简陋，另外沦陷在胡地的汉人自然也比较刻苦。但是自从北魏迁都到了洛阳以后，国家富庶，一般鲜卑的王公贵族也染上了奢侈的华风。

北魏骏马陶俑，河北省景县封氏墓群出土。

当时，北魏的臣子们学到汉人比赛奢侈的坏风气。例如高阳王的财富冠于一国，他的宫室园圃，可以媲（pì）美皇宫禁苑，拥有六千僮仆，五百女伎。一出门，卫队塞满了道路，进退不得；一班歌伎通宵达旦地歌乐；吃一顿饭就花上几万钱，有人叹道："高阳一食，敌我千日。"意思是说高阳王吃一顿饭够他吃上一千日。

河间王最不服气高阳王，天天都在想办法斗倒高阳王。他养了十几匹难得一见的骏马，为了表示身价不凡，马槽竟然用银子打造，那比我们这儿有人夸马桶镶金更气派、更神经。此外，窗户上面也嵌着金龙玉凤。

一次，河间王又邀请诸王宴饮，夸耀他的财富，酒席山珍海味，琳琅满目，那是不在话下，尤其他的那些个盛酒的酒壶酒杯真是稀世珍宝。

他缓缓站了起来，举起一个玲珑剔透的杯子道："这叫水晶杯，产在大秦国，各位曾经看过吗？"

在座没有一个人看过如此晶莹可爱的酒器，纷纷投以羡慕的眼光。

"嗯，这个叫玛瑙碗，玛瑙非石非玉，有红、白、黑三种颜色，生在西国玉石间，我手上拿着的是最名贵的。"众人的眼睛更圆了。

河间王得意地举起第三个杯子道："不过，最稀奇的还是赤玉

鎏金镶嵌高足铜杯，山西大同市南郊北魏遗址出土。

卮（zhī），各位看，它红得像鸡冠吗？这种红色可不是调配得出来的。”

接着，大家都拥过来看，个个啧啧称奇，都说：“这样精巧的东西可一辈子也没有见过。”每个人都把头伸得长长的，惟恐看不仔细，却又不敢动手去碰，万一砸坏了可赔不起。

吃完了饭，河间王又领着大家去看名马、珠宝，样样美不胜收。他叹口气对章武王说：“我不恨我看不见石崇，只可惜石崇看不见我，否则他也要甘拜下风了。”

石崇是晋朝有名的奢侈的人，关于他和人家斗富的故事，我们前面已经讲过。

好，再说章武王听了这句话以后，回家就病倒了，脑子里翻来覆去想的都是水晶杯、玛瑙碗、赤玉卮，竟然为此失眠终日。

京兆王听说章武王病了，赶来看望，他安慰道：“你的资财不比河间王少，为什么要如此想不开呢？”

“哎，你有所不知。”章武王勉强坐起来道，“我原以为这个世界上比我有钱的只有高阳王，谁晓得竟又冒出一个河间王，怎不叫我伤心呢？”

在王公贵族竞相斗富之下，做皇帝的自然也不能寒伧，宣武帝更是大手笔，他建造了历史上著名的伊阙石窟，里面有数不尽的佛像；又修了永明、闲居两座大寺庙，免费供三千名和尚居住；更在永平到延昌年间，在北魏境内盖了一万三千个寺庙，所耗费的金钱真是难以计算。

胡太后乱政

北魏自从北魏孝文帝去世，宣武帝即位，国势一天比一天衰弱；不过，北魏真正开始动乱不安，是在胡太后临朝的时代。

胡太后本来是绝对当不成太后的，这话怎么说呢？原来，北魏自从道武帝以后，仿效汉武帝杀钩弋夫人的故事，凡立太子则杀其母。

有一次汉武帝北巡，遇见一位非常奇怪的美丽少女，两只手始终紧握着拳头，怎么也打不开。可是汉武帝一摸到这位少女的玉手，手便自动张开，里面握着一支玉钩，汉武帝大为惊奇，把她带回京里，收为自己的妃子，封为钩弋夫人。

以后，钩弋夫人生下一个儿子弗陵，立为太子（就是汉昭帝）。然而有一天，汉武帝忽然以一个莫须有的罪名，把钩弋夫人处死了。理由是“主少母壮，是祸乱开始”。他惟恐自己去世之后，钩弋夫人当了皇太后，可以控制小皇帝，夺得政权。因此，狠心地把钩弋夫人杀了。

北魏道武帝认为汉武帝的顾虑很有道理。因此，立下家法，任何一个妃嫔生下男孩，被立为太子以后，立即将太子的母亲处死刑。

因为这个理由，后宫佳丽怀孕以后，无不焚香祈祷，但愿生一个女孩。这也是历史上后宫中少有的事，竟然不求一举得男。非但如此，万一生下一个男孩子，有的还会叫宫女偷偷抱出去杀了以后扔掉，以保全自己一条性命。

所以，宣武帝的宫中妃嫔极少有养男孩的；而且，非常不幸，已长成的皇子又一个一个死了。宣武帝为了担忧无后，终日烦恼不已。

不久，宣武帝最宠爱的妃子胡氏怀孕了，他非常希望这一回生个男孩。果然，天从人愿，真的是个男的，宣武帝大喜过望，立刻封为太子。

根据家法，胡氏生下男孩，又立为太子，应该立刻处死。但是宣武帝看到她那娇艳如花的容貌，实在下不了手；加上宣武帝又是信佛的，更起了慈悲心肠。非但没有送她上西天，更立胡氏为贵嫔。

以后宣武帝去世，经过一场政变之后，竟然真如道武帝所料，胡太后的儿子孝明帝即位，年仅六岁，胡太后总摄朝政。

胡太后是汉人，为人奢侈贪婪，她掌权时期，是北朝贵族生活最糜烂的时候。因为在上位者起了带头作用，下面的百姓自然跟着仿效。

北魏因为世世代代强盛，东夷、西夷贡奉不绝。又设立互市制度，所以北朝也有南方的珍奇宝货，府库里满得都要溢出来了。

有一天，胡太后忽然兴起，要去看珍藏的丝绢。她率领了王公嫔主从行一百多人，浩浩荡荡到了府库前，胡太后对大家说："到了里面，你们能拿多少，便拿多少，看你究竟能搬多少，全是自己的，入得宝山可别空手而返啊！"

于是一群人鼓着贪婪的眼睛，兴奋地往前冲，看到了光滑细致、美不胜收的丝绢，拼命地抢。手上、脖子上，到处都挂满了一匹匹的绢，搬得少的，也不下百余匹。

尚书令、仪同三司李崇背得太多了，"哎哟"一声，扭伤了腰，跌倒在地；无巧不成书，章武王融接着也脚踝扭了筋，动弹不得。

红地云珠日天锦，北朝。

胡太后看到李崇、章武王融跌跤了。一个箭步向前，把他两人的绢都夺了过来。旁人看到胡太后这种贪心的样儿，都忍不住掩嘴暗笑。

一群人各自背负着上百匹绢，弯着腰、驼着背，万分吃力地从府库中出来。忽然发现侍中崔光只拿了两匹，无怪走得十分轻快。

“你怎么只拿了两匹呢？”胡太后讶异地问，为崔光惋惜不已。

“我只有两只手，只拿得动两匹。”崔光讽刺地回答。众人看看自己，不由得羞赧（nǎn）地低了头。

胡太后很爱漂亮，每次出去以前，都要修饰化妆半天。脸上擦得红红白白，身上穿得珠光宝气，加上她本来长得娇滴滴的，因此相当惹人非议。

有一回，胡太后又打扮得花枝招展出宫，一路上遭到无数注目的眼光。太后知道自己出风头，十分得意，把头抬得高高的。

大臣元顺老早就看胡太后不顺眼，这回忍不住当面上谏道：“根据礼节，妇人在丈夫过世之后自称为未亡人，头上不簪珠玉，衣上不绣文彩。陛下母临天下，年届不惑（四十岁），修饰过分，何以对后世？”

这番话说得太后脸上挂不住，急急忙忙返回宫中。然后，胡太后把元顺叫来责骂："你为何要当众指出我的错，是不是存心要我当众出丑，居心何在？"

元顺不慌不忙道："陛下不畏天下人之笑，而耻于臣之一言乎？"

胡太后无言以对。

胡太后修宝塔

北魏孝明帝即位，由母亲胡太后主持政局。胡太后是个花花太后，私行不检，骄奢淫逸。可是，说也奇怪，她竟然信佛，而且信得相当深。

这是什么原因呢？原来佛教专讲因果报应，胡太后因为坏事做多，天良未泯。她惟恐恶有恶报，害怕自己死后坠入地狱，所以转向慈悲的佛，求其怜悯。这也是当时佛教流行于上层阶级的原因。其实，当时的佛教教义很浅，不为知识分子所重视，高阳王甚且斥责佛教为“鬼教”。

北魏皇后礼佛浮雕，河南洛阳龙门石窟宾阳洞。

北魏的人除了喜欢造佛寺以外，还喜爱建筑宝塔表示对佛的尊敬，称之为浮屠。

修建佛寺需要大笔经费，国家没有这一笔预算，胡太后为了达成心愿，竟然下了一道命令——“削减百官俸禄十分之一”，然后，她拿了这克扣下来的钱建造永宁寺。

永宁寺的规模极大，有一个一丈八高的金像，还有十个如真人一般高矮的金像，两个玉像。最奇特的是建造了一座九层高的宝塔，高达九十丈，在京师每个地方都能看得见；宝塔四周都是金宝瓶，瓶子下面垂着金光闪闪的金铃铎（duó），浮屠有九层高，角角均悬金铎。每当夜深人静，微风吹过，铃声叮叮当当，声闻数十里。

此外，永宁寺中建有僧房一千余间，每一间都雕梁粉壁，珠玉锦绣，布置得富丽堂皇；而且建筑形式参考的是西域和印度的样式，非但中国人以前没有见过，就是波斯的胡人，一见之下也吓得吐出舌头道：“永宁寺的宏丽是世界上从来没有过的。”

胡太后虽然奢侈浪费，但中国人在一千五百多年前，已经能够建造如此伟大的工程，也证明了我们祖先的聪明才智。可惜这些华丽的塔寺，因为历经劫数，早已荡然无存。北魏的宝塔留到现在的只剩下嵩山嵩岳寺的一座十五层高的砖塔，供人凭吊了。

因为胡太后的好佛，她每次施舍僧侣财物，一出手都是数以万计。所以，许多人都剃发当和尚，一方面可享安逸，同时也逃去了兵役、赋税。其他王公贵族为了炫耀自己的财富，也都纷纷建庙造塔。还有人把个人的田宅捐出作为寺庙。总之，胡太后当政的时代，是北朝佛教最盛的时候，也是贵族生活最为糜烂的时候。

当国家朝政日益败坏之时，北方边疆的六镇也开始蠢蠢欲动。

六镇是北魏初为了防御柔然，在北方沿边设置的六个据点，屯驻重兵。柔然之所以叫柔然，说来很有意思，北魏太武帝仇视这支外患，轻视他们无知如虫，故命名为蠕蠕。所以柔然在《魏书》和《北史》上记载为蠕蠕，宋齐梁书中作芮（ruì）芮，《隋书》则作涤（luò）涤，反正都是虫子。柔然是鲜卑与匈奴混合的血统，过着游

北魏时期所建的嵩岳寺塔及结构图。

牧生活，文化十分低落。

北魏初，驻扎六镇、防守柔然的将士可神气万分，极难选入；能够选入者，朝廷并配以高门女子为婚，所以六镇非常叫人羡慕。

自从北魏孝文帝迁都到洛阳以来，许多鲜卑人都迁到洛阳，政治重心也转移到了洛阳。

洛阳距离六镇十分遥远，古代交通又不方便，更没有电话电报之类的通讯设备，于是，在洛阳的中央政府和在六镇的军人逐渐疏远。同时，北魏孝文帝迁都以后，还有一件事也令六镇将士们大感不满，从前建都平城之时，六镇的将士常可以调到中央政府任官，有很好的升迁机会，可是，迁都洛阳以后，六镇将士便不再有到中央政府任职的机会，这使得六镇将士满腹怨恨。

再经过北魏孝文帝的汉化，洛阳的胡人汉化日深，看不起北方六镇的胡人，认为他们野蛮无知。六镇的胡人依旧保存胡化，也看不惯洛阳的胡人，讥笑他们数（shǔ）典忘祖。

以后，驻在六镇的人都娶不到高门的女子为妻。南北朝的人是最看重婚宦、门第的，心里愤怒不平。在六镇的人不论婚姻或仕途都不及京师的人。洛阳的人似乎成为清流，六镇的人成为浊流；洛阳的人愈变愈有钱，而六镇的人一天比一天穷苦。所以，虽然是同一种族，已分裂为二。

同时，六镇荒芜以后，许多流氓土匪都窜扰到这个地带；再加上地方发生饥荒，六镇响应作乱，北魏的地方，掀起一场惊天动地的乱事。从东边到今天的河北，西边到关中一带，一连乱了许多年，称之为“六镇之乱”。

六镇之乱加速了北魏的败亡。那么，北魏孝文帝的汉化是不是错了呢？没有，但是他的计划不够周详，只注意京师，而不管边防镇戍，使得两地之别有如隔世。可见得凡事不能偏废。

后来，北魏分裂为东魏、西魏；又分别为北周、北齐所篡。最后统一天下者为隋文帝，结束了近三百年南北朝的混乱局面。

南朝门第的故事

在《胡太后修宝塔》之后，我们暂时放下北朝，回过头来说说南朝的故事。自从魏晋以后，高门大族利用兼并土地为基础，再加上以九品中正为工具，巩固在政治上的地位。到了南北朝，他们已成为一种特权阶级，尤其是南朝的宋朝、齐朝、梁朝、陈朝。

什么叫做“九品中正”？那是魏文帝曹丕时代，陈群建议的方法，把人分为九等来打操行分数，作为政府用人的标准。

因为操行分数的高低，要靠乡党里有名望的人来品评高下；久而久之，高门大族互相标榜，互相提携，于是成为“上品无寒门，下品无世族”，就是说，分数高的可没有寒门的份儿，分数差的却也落不到世族子弟。

于是，世族与寒门地位相差很远，生活方式也不相同。世族的子弟什么事情都不做，也可以爬到公卿之类的大官，十几岁就可以出来做官，到了二十七八岁，在从政的资历上已经“很老、很老了”，不管他是否有学问有能力。

例如大书法家王羲之的儿子王凝之，娶了才女谢道韫（yùn）为妻子。结婚以后，谢道韫发现凝之虽为名流之子，实在是个草包，非常的失望。

她叹气地说：“天壤之间，乃有王郎。”意思是说天下之间，怎么有王凝之这种笨蛋？偏偏王凝之以后平步青云，做到二千石的大官，很受人们尊敬。

贵妇出行，南朝画像砖，河南邓州市出土。

相反的，如果出身不好，即使再有学问，也被当时的人所瞧不起。

到溉（gài）是梁朝一个极有学问的读书人，很受梁武帝器重，做到了吏部尚书。到溉为人十分正直，经常有事和尚书令何敬容相执不下。

何敬容也不就事论事与到溉争论，他在私底下常对人说："到溉身上还有余臭，这小子竟然大模大样学着当起贵人来了。呸！"说着，掩着鼻子，皱着眉头，满脸恶心的样子。

旁人听了也哈哈大笑，讥笑到溉自不量力。原来，到溉的祖父曾经做过挑粪的。所以无论到溉如何优秀，人们总是看不起他。

再譬如章华，家中世世代代以农耕为生，他非常好学，对经史极有研究，在陈朝的时候，被任命为南海太守。

章华上任以后，本来想好好干一番事业。可是朝中臣子一打听："章华是什么门第？""他平日交往的是哪些个世家大族？"结果发现，章华家里原来仅仅是个种田的。于是十分轻视章华，处处排挤他，不与他合作。最后，章华只好托病辞职。

因为世族的力量太大，连当皇帝的也惹不起他们，所以万一皇帝要破格任用寒门为官，还要特别下一个诏令，以取得世族们的谅解。

在齐朝的时候，齐高帝萧道成就曾经下达过一个命令："寒士江谧，本来是没有资格与豪门一块竞争。但是江谧的确有才干，值得任用，可以派他做吏部的官。”

有时候，豪门大族硬是不肯赏皇帝这个颜面的话，皇帝也没可奈何。

在陈朝的时候，陈宣帝想任用钱肃作为黄门郎，又恐怕世族会排挤人家，就先找了蔡凝来商量商量。因为魏晋以后，大臣的子弟向来看不起郎中或中郎之类的小官，要做就是做黄门侍郎，或是散骑侍郎，两者并称为“黄散”。寒门可是沾不上边的。

陈宣帝和颜悦色地对世族蔡凝说：“我有意思用义兴王的女婿钱肃作为黄门郎，你的看法如何？”

蔡凝一听，正色地说：“如果他是皇帝家乡的旧亲戚，圣旨颁下，特别开恩也就罢了。否则的话，像黄散这种职务，需要人地兼美。出身不佳，恐怕不太适合。”

陈宣帝说不出话来，也就只好打消了这个念头。可见得，帝王在当时的权势大减，对世家大族无可奈何。

当时的世族子弟爱好清谈，崇尚文学，自命风雅，以病弱的美男子相标榜，当然不乐于从军。然而，武力到底是政治上最重要的一环，谁握有军权，谁便掌有政权。世族既然不肯做军人，国家武事自然只有委托给寒人，所以，南朝四个朝代的四个创业的帝王——刘裕、萧道成、萧衍、陈霸先（即宋、齐、梁、陈的开国君王）都是出身寒贱，又都借着当兵打仗起家。所以他们当上皇帝以后，世族并不怎么看得起帝王。

这些帝王也不像其他朝代的帝王一般，说什么“王侯将相宁有种焉，好汉不怕出身低”，也不敢说自己“额头很高，鼻子很长，左边的大腿上有七十二颗痣，是天生的帝王之相”。

相反的，南朝的帝王似乎很自卑，宋武帝刘裕有一天在宴会中说：“我本来是一布衣，开始时怎么也想不到会有今天。”齐高帝萧道成也说：“我本来只是布衣素族，从来也没有把念头动到皇帝上面，只因为时来运转，才成立了大业。”自轻到此地步。

总之，南朝重视门第的坏风气，使得社会不公平；做皇帝的非但不能改革，而且承认门第，自削权势。世族对皇帝既无恐惧之心，又缺乏尊敬之意，如此，造成政治上的混乱，所以南朝没有一个朝代国祚（zuò）长的。

贵贱不同坐

在上一回《南朝门第的故事》之中，我们说到，南北朝时代的人看重门第。当时的世族士人以身份与名位自豪，他们看不起寒门庶人（平民），也不屑与寒门庶人往来。反之，庶人则一心一意攀龙附凤，希望和士人沾到一点儿关系。

譬如当时有一个寒门出身的人蔡兴宗，发愤好学，做到了荆州刺史，很光荣地被征还都。到了京都，听说第二天晚上的宴席中有右军将军王道隆出席，兴奋得睡不着觉。

原来，当时王道隆掌管内政，权重一时，可说是朝廷里最有头有脸的人物。蔡兴宗想到可以当面拜见王道隆，在房间里一遍又一遍练习见面的应酬语，思考怎样才能把话说得漂亮、得体，让王道隆知道自己这些年来掌理荆、湘、雍、益、梁、宁、南秦、北秦八州军事的政绩。

等了又等，挨了又挨，终于熬到了晚宴的时刻。蔡兴宗欣然赴宴，到了那儿，冠（guān）盖云集，场面热闹非凡。经过一番推推让让的争执后，上坐的上坐，下坐的也下坐，当然，王道隆是高踞首席。

蔡兴宗站在一旁尴尬极了，没有人请他入坐，他又不敢自己贸然坐上去，呆若木鸡，真不知如何才好。

蔡兴宗左顾右盼，希望有人注意到他，可是没有。其他的人坐下来以后，高谈阔论，好不开心，似乎根本没有注意到房间里

南朝官员出行时的仪仗，画像砖，河南省邓州市出土。

还有他这个人。

“也罢，我上前走几步，也许他们就会看到我，请我坐下来。”蔡兴宗暗自盘算着，一小步、一小步，慢慢地，害怕地，踮着脚挪近了饭桌，几乎可以碰到王道隆了。

可是，桌上的人仍旧嘻嘻哈哈，好像蔡兴宗是个隐形人似的。最后，婢女们端着盘子要上菜了，蔡兴宗只好垂头丧气地走了。席上的人眼睁睁看着蔡兴宗远去，连喊都不喊一声，若无其事地开始大吃大喝。

再如南朝（宋朝）时，有一个中书舍人王宏，向来为宋武帝刘裕所宠爱。有一天，他向宋武帝禀报道：“臣有一个心愿，希望能与士人交往。”因为王宏虽然备受宠幸，到底不是士人出身，总觉得差人一截，希望能借着宋武帝的帮忙，结交几个士人朋友，抬高身价。

宋武帝就介绍王宏认识王球，王球在士人中说话向来很有分量的。于是，王宏欢天喜地地去拜见王球。

王球当然知道王宏是皇帝介绍来的，却倒也没多理睬。到了晚宴入席以后，王宏大模大样地一坐下，却发现王球竟缓缓地把扇子举起，那个态度，那个眼神，分明是在下逐客令。

王宏愣住了，心想，我是皇帝介绍来的，非比寻常，总不能这样一走了之。却见满座的人都用鄙夷的眼光冷冷地瞅着自己，王球的手仍高高举着扇子，眼睛望着门外，他好像觉得，对王宏这种人说一声“滚”都有辱门风似的。

最后，王宏被逼得不能不站起来，气呼呼地冲出了门外。他肚子里一团怒火熊熊地燃烧着，愈想愈不甘心，决定去找皇上告状去。

王宏到了皇宫，委屈万分地把所受的羞辱陈述了一遍。本想宋武帝应该有所处置的。

没有想到，宋武帝长长叹了一口气道：“这件事，我也没可奈何啊。”

更过分的，甚且世族与寒门即使是同事，世族也不肯降低身份，与平民出身的同事坐在一起。

在宋朝时，狄当、周赳与张敷（fū）同为中书舍人，掌管要务。其中，张敷是新上任的，但他因为出身世族，显得格外神气。

狄当想邀请周赳去拜望张敷。周赳说：“算了吧，他恐怕自以为了不起，不肯接待我们的。”

“这算什么话？”狄当胸有成竹地说，“我们现在和他一样，同样做中书舍人的官，难道你还怕他不肯和我们同坐？真是的！”

周赳想想这话也有道理，大家在办公室坐在一起做事，又有什么不能同坐的呢？于是，他们两人就通知张敷，某年某月的某一天，他两人将登门造访。

张敷没有说答应，也没有说不答应。在客人来临之前，他先摆了两张床榻，放在离开墙壁约莫三四尺的地方。

等到狄当、周赳两位客人就席以后，张敷不跟他们谈话，仅仅淡淡地说了一句：“把我这两位客人移开远一点。”意思是叫他两人坐到预先摆好的两张床榻上。吓得狄当、周赳两人大惊失色而去。

在当时，非但世族看不起一般平民，平民也看不起自己，具有很强烈的自卑感。

可是，当时的人并不认为王道隆、王球、张敷这些人矫（jiáo）情，反而认为世族们有风格、有原则，说他们不会为了权势，而与那低贱的平民同坐。

风气如此，南北朝又如何不衰弱呢？

门不当户不对

中国古人论及婚姻，从来没有所谓“婚前恋爱”。婚后如果夫妻感情不和，男的反正可以置妾，娶小老婆，女的只有自怨命薄。当时人们最讲究的是门当户对，这种观念在南北朝时代尤其明显。

上次说过，南北朝时代世族与平民不相往来，甚且到了贵贱不同坐的地步。当然要士庶（庶是平民之意）结发为夫妻，拜天地，入洞房，是一件不可能的事。

梁武帝时，大将侯景为了给梁武帝找麻烦，故意要梁武帝帮忙找王家或是谢家的女子为婚。梁武帝说：“王谢门高非偶，可于朱张以下访之。”意思是说：王家、谢家的门第太高，并非理想的配偶。你如果有意思，不妨在姓张的、姓朱的以下人家，寻访理想的对象，我还可以为你帮点忙。可见得贵贱不通婚的观念，连皇帝都没有法子打破。

南朝是如此，北朝也是如此。例如北魏崔巨伦有一个姐姐，叫做崔明惠，极为贤慧，可惜瞎了一只眼睛，所以没有媒人上门提亲。

古代讲究女子无才便是德，一个女人除了做家庭主妇外，根本没有别的地方贡献智慧才力。所以，出嫁成为一件最为重要的事。眼看着明惠年纪一天比一天大了，她的家人都着急不已。

“我看这样吧，既然在世族中找不到合适的对象，恐怕只有把明惠嫁给平民。这样对明惠虽然委屈一些，总比待在家里要好！”

最后，崔家的人想出下嫁给庶族的计策。

明惠的姑妈听到这个消息，立刻放声大哭道：“想我哥哥道德学问首屈一指，不幸很早就过世了，留下他的宝贝女儿，竟要去侍奉卑族，可怜噢……”于是，姑妈决定为儿子纳聘，自己把明惠娶进门，当儿媳妇。

明惠终于不必与寒族为婚，大家都称赞她姑妈有义气。在当时看来，即使世族残废，也还是比寒门高上一级。

当时有没有世族寒门通婚的呢？也有。这是当寒门特别有钱，而世族特别穷困时。因为世族徒有高门第，好家世，然而养尊处优，不事生产，因此许多世族家中的境况并不太好。

南朝贵族女子陶俑，南京西善桥出土，南京博物馆藏。

例如齐朝世族王源因为家中贫苦，把女儿嫁给庶人满氏，为的是贪图甚大的聘礼。王满联婚的消息传出后，不得了，人人谈论这件惊世骇俗的社会新闻。而有一个叫沈约的竟然上了奏章去弹劾王源，认为此人“破坏士风”。

不久，看在金钱的份上，也有不少世族与寒门结为姻缘，很为世人所瞧不起，这种都可以称之为“财婚”。而从那时开始，凡是婚嫁无不斤斤计较聘礼多少。

有一个叫封述的人比较吝

啬，当他为第一个儿子娶媳妇时，一直到要成礼之时，仍在为聘礼多少争来吵去。当他为老二娶媳妇时，更闹到衙门里去了，他气咻（xiū）咻地说：“送骡乃嫌脚是跛的，送田又嫌田咸薄，送铜器又嫌古废。”可见得聘礼多少成为南北朝时争论的话题，这种无聊的风俗习惯相沿至今。

因为高门看在利的份上也开始与寒门通婚，北魏文成帝在和平四年（463 年）十二月特别下了一个诏书：“今制皇族师傅、王公侯伯及士民之家，不得与百工技巧卑姓为婚，犯者加罪。”

因为庶族以攀附高门为光荣，所以高门的女子吃香得很，甚至再嫁夫人都极受欢迎。

例如在北魏有个叫卢道虞的，他的女儿嫁给石衡将军郭琼的儿子，可说得上是门户相当，佳偶天成。后来，郭琼犯了罪，被判了死刑，他的儿子当然也削了官，卢道虞的女儿就由朝廷做主，改嫁给陈元康为妻。

陈元康乃为平民出身，听说可以娶一个世族的女儿，也不在乎她是否结过婚；事实上倘非如此，这种好事怎么会落到他陈某人头上？他兴奋得连话都说不出来。陈元康从未见过卢道虞的女儿，当然也谈不上感情。为了迎娶她，赶紧把原来的妻子李氏抛弃，真可谓标准的势利眼。

又如，有一个叫孙褰（qiān）的，出身寒微，然而作战有大功绩，皇帝特别将世族韦氏嫁给孙褰，难得的是韦家也应允了。

韦氏非但没有缺手断腿，没有嫁过丈夫，而且长得相当秀丽动人，孙褰乐得快要疯了。当时的人也都羡慕万分叹息道：“这小子真有福气，我怎么没有这个命？”

另外，我们再讲一点南北朝婚姻的奇异现象：第一是奢侈、浪费，许多穷人因为没法负担这个排场，竟然因而终身不娶。另外为敛财而成亲的买卖式婚姻也不少。当时南北朝许多皇帝，例如南朝的南齐武帝、北朝的北魏文成帝都曾下诏昭示婚礼节约，不过没多大用处。

此外，南北朝有早婚的习俗，北魏献文帝生孝文帝时才十三岁。后周武帝下诏，竟然明白规定男年十五、女年十三皆须以时嫁娶，那真是娃娃新郎、新娘了。

保家不保国

“忠臣不事二主”，向来是中国人最看重的道德观念，但是在南北朝时代，读书人缺乏气节，保家不保国，造成了一百五十年的纷扰不安。

南北朝时代的世族，地位崇高，他们自命风雅，不喜欢动刀耍枪，看不起武人。所以国家的军权完全掌握在寒门手中，甚且南朝四个创业开国的帝王：宋朝的刘裕、齐朝的萧道成、梁朝的萧衍、陈朝的陈霸先，都是出身寒门。虽然朝代屡次更换，许多世族依然保持极高的社会地位，因为他们没有中国传统的忠君观念，改朝换代之时，并没有殉国之臣。

例如有个宋朝的人王俭，他母亲是武康公主，自己又娶了阳羡公主，算得上是宋朝的外戚。王俭眼看当时宋相萧道成很有野心，又被小皇帝刘昱所捉弄。于是，有一天，王俭去看萧道成。

“自古以来，经常功劳大反而得不到奖赏；以萧公您今天的地位，怎么能够长久当人家的臣子呢？”王俭巴结地说。

“胡说，这种话不能乱讲。”萧道成嘴里呵斥着王俭，神色之间却十分开心。

王俭又接着道：“这年头人情浇薄，以您的地位，万一有些什么小差错，不但权位丧失，恐怕这昂藏（cáng）七尺之躯都难保啊。自古道，功劳太大了会使皇上不安的，所谓功高震主是也。”

“嗯，你这个话说得也有些道理。”萧道成笑眯眯地点点头。

当时，萧道成是辅政大臣，王俭建议不妨再加黄钺（yuè）。（黄钺是一种仪仗队，古代权臣在篡位时常加黄钺，增加威望。）

有人说："这件大事，最好还应该让褚彦回知道。"

"褚彦回这个人恐怕不好对付吧！"萧道成沉吟着。

说起褚彦回的大名，在宋朝是谁人不知、无人不晓。他的家世很有来头，母亲是始安公主，继母是吴郡公主，娶的夫人又是巴西公主。

褚彦回生得十分俊美，一举一动，俯仰进退，都别有一番风采。每回他上朝，不但一般大臣对他频频注目，连西域使节也都对他行注目礼；一直到他离开了，人们的眼光仍然恋恋不舍盯着门外。

前面说过，南北朝时代的人非常重视容貌的，褚彦回的美，使得宋明帝叹口气道："就凭彦回这样迟行缓步，他就有当宰相的资格。"

因为褚彦回的英俊，挑起了山阴公主的兴趣，她常常偷看这位美男子。后来，山阴公主就央求皇帝把褚彦回召回。

山阴公主一连十天，天天想尽办法挑逗褚彦回，褚彦回一直是绷着脸不为所动。山阴公主屡试不成，气愤地说："看你，胡子倒长得像把小刀般锐利，怎么一点胆子都没有，还算是男子汉大丈夫吗？"

南朝人乘牛车出行，南朝画像砖，河南省邓州市学庄村南朝墓出土，中国历史博物馆藏。

褚彦回没有被激将法搅昏了头，他优雅地下拜道："我虽然不聪敏，却知道什么是该做的，什么是不该做的。"

后来，褚彦回的官位愈升愈高，做到了吏部尚书。一天夜晚，有个人鬼鬼祟祟来见褚彦回。

"一点点小意思，不成敬意。"这个人从宽大的衣袖中，掏出一个金饼塞到褚彦回的手里，黄澄澄的金光在晚上特别耀眼。

"这个我不能拿。"褚彦回生气地说。

"哎呀，反正没有人知道嘛。"来人不肯收回。

"什么叫做没有人知道。如果你本来应该做这个官，用不着拿来这个金饼。如果你非要送，那好，我马上禀报朝廷治你！"褚彦回斩钉截铁地说，把那个企图行贿的小人吓得落荒而逃。

因为褚彦回有柳下惠坐怀不乱的美德，再加上有不收红包的先例，所以萧道成认为要对付褚彦回十分困难，他一定不肯帮助自己夺取帝位。可是左右的人说："别急，褚彦回虽不爱财，但他要保妻子，爱性命，除非他有奇才异节，我不相信他敢违抗。"

结果，褚彦回还真是乖乖听萧道成的话，因为保家不保国，这是当时的风气。

再如齐朝有个叫马仙琕（pín）的人，当初萧衍梁武帝起兵讨伐齐朝时，他死命抵抗，一直到最后，慷慨激昂地对部将说："我受朝廷任命，在道义上说，不能投降，可是各位家中还有父母，你们去吧！去做一个孝子，不要再打仗了，我要当齐朝的忠臣。"

可是当梁武帝把他捉到了京城建康，他流着眼泪说："小的我像是丧家之犬，只要后来的主人肯饲养我，我会好好效忠的。"于是马仙琕又做了梁朝的将领。

南北朝时代的"忠臣"，就像马仙琕所说的："如失主犬，后主饲之，便复为用。"全然无廉耻之心，保家不保国，难怪当时宋、齐、梁、陈都是短命的朝代。

哭墓的报酬

在南北朝时代，任官有两种办法，一种是用九品中正来选举，另外一种是朝廷铨（quán）选。什么是九品中正，我们已一再解释过，那是把人分为九等来打操行分数，作为政府用人的标准。选举权完全被世族把持，所以并不公平。朝廷的铨选又如何呢？

在宋朝时，有一个人叫刘德愿，他粗鲁又莽撞，因为承袭了父亲的官爵才得以在朝廷任官。宋孝武帝看不起刘德愿，常常有意无意欺负他。

一次，宋孝武帝的宠妃殷贵妃不幸因病去世了。殷贵妃美丽又温柔，宋孝武帝最为宠爱她，因此非常伤心。

殷贵妃下葬以后，孝武帝带领群臣来到了墓地，想到娇艳的美人只成一抔黄土，心里酸酸的，转头对刘德愿说："贵妃死了，你怎不哭？哭得好，朕有赏。"

皇帝的话还没有说完，刘德愿已经一头栽倒在坟前，双手抱着墓碑，哭得惊天动地，不但用力地捶打自己的胸，而且又跳又叫，几度昏厥在墓前。那个光景，好像殷贵妃既然死了，我刘德愿活下去也没有意思了；其实他与殷贵妃非亲非故，连面都没有见过哩。

宋孝武帝看到刘德愿涕泗交流、唱作俱佳的表演，非常欣赏，当即任命刘德愿为豫州刺史。另外有一个叫羊志的，哭墓也哭得呼天抢地，以至于后来喉头哽住不能说话。孝武帝也相当欣赏他的表演。后来有人问羊志："你哪儿来这副急泪，说流就流了？"

羊志说："实不相瞒，我刚死了爱姬，心里头一酸，眼泪自然泉涌而下了。"

这是利用自来水龙头升官的妙法，此外还有更加荒唐的——利用博来谋取官位。南北朝最普遍的博是樗（chū）蒲。

什么是樗蒲？樗蒲又称为五木之戏，玩的时候用五个骰（tóu）子，骰子上面是黑色，下面是白色，如果一扔出去，五个子全是黑色，称之为"卢"，表示中了头彩，如果两个白的三个黑的是第二彩，以下类推。玩樗蒲的时候，人们常嘴里吆喝着"卢"、"雉"，所以俗称这种赌博为"呼卢喝雉"。在南北朝时代，无论君王贵族或是贩夫走卒，人人都爱好这种游戏，嗜之如狂。而且赌注下得很大，经常一掷千金，因此后世也称掷骰赌博为"呼卢喝雉"。

在宋朝的时候，颜师伯家财万贯，他特别喜欢玩上两手樗蒲之戏。

有一天，颜师伯与孝武帝共玩一场。开始的时候，孝武帝的手气很顺，龙心大悦，笑逐颜开。

下面该轮到颜师伯掷了，他把五个骰子一甩出去，骰子在空中转了一会儿，面朝上的竟然全是黑的，也就是得到卢了。

这个时候，孝武帝的脸色一下阴暗了下来。颜师伯心想："糟了，怎么可以赢皇上呢？莫非不要命了。"顺手把骰子全收了回来，若无其事地说："哈，刚才差点儿作卢，可惜了。"

然后，颜师伯开始故意放水，存心让孝武帝赢个痛快。结果，一个游戏下来，颜师伯竟然足足输掉了一百万。不过，他这一场樗蒲之戏输得挺划得来，因为孝武帝一高兴，竟然把颜师伯迁为吏部尚书、右军将军。

南北朝时代不但朝廷选官视同儿戏，又因为政府财政困难，经常以出卖官职换取钱财。例如在北魏时代，官有定价，大郡的长官二千匹，次郡一千匹，下郡五百匹。但是到了后来，没有那么多

捧奁侍女，南朝画像砖，江苏常州出土。

州郡好卖，于是空立州郡，设置牧守。在太和年间，有官职而无事可干的官儿竟有一万多人。

什么人有钱买官职呢？一般百姓买不起，商人买得起。南北朝时代烽火遍地，通商困难，商人必须要靠地方官吏或将领的协助，官吏也刚好利用这个机会拿红包，官商勾结，无往不利。后来，商人自己花些银子买个官做，当然更加得心应手了。

在这种政局不安、政风败坏的情况之下，最苦的当然是一般老百姓。中国以农立国，农民的生活一向辛苦，“乐岁终身饱，凶年不免于死亡”，再加上战乱屠杀以及连年饥荒，老百姓苦不堪言。为了缴纳重税，甚且有人卖妻卖子以纳税，真是“苛政猛于虎”。

从南北朝时奴婢特多，也可以显现人民的苦难，因为奴婢的产生主要由于战争与贫穷。讲到这里，我们发现政治清明与否，与我们每个人的生活息息相关，不论古今中外都是一样。

战争的俘虏成了奴婢，贫穷的人过不了日子也只好卖身为奴婢，奴婢愈多愈反映当时社会问题的严重。

高欢的奇骨异相

我们把南北朝的门第、婚姻、政风，做了一个简单的介绍之后，现在再回过头来看看，北魏自从胡太后荒淫乱政以后如何？

在《胡太后修宝塔》中说到，当北魏的朝政日益败坏，边疆为防御柔然而设置的六镇也开始造反。这场乱事出现了两位军事领袖，一是宇文泰，一是高欢，今天我们就要讲高欢的故事。

高欢是晋朝太守高隐的后代，传到他祖父高谧时，因为犯了法，充军到六镇，担任兵户。

前面说过，中国人分辨胡人、汉人，常是以文化为分野，而不是以血统为区别。高欢虽然是一个汉人，然而世代居住在北边，他的生活一切依照鲜卑的习俗，他为自己取了一个名字——贺六浑，完全是一个胡人的名字。

高欢长得长头高颧（quán）、齿白如玉、目有精光，一副厉害精干的模样。他小的时候家里很穷，后来因为娶了一个有钱的妻子才得到一匹马，得以在镇上当一名小小的队主。

因为北魏孝文帝迁都洛阳，洛阳到六镇距离遥远，需要许多信差传递公文。高欢得了一个机会就由队主转为函使。背着公文袋，由怀朔镇（六镇之一）到洛阳送公文，这一个工作他做了六年之久。

根据《北齐书》的记载，当高欢担任函使的时候，一路上碰到许多奇怪的景象，而且好像有老天爷暗中庇佑他。最奇怪的是有一次：

高欢和一群朋友去打猎，在沃野这个地方看见一只赤兔。于是他们赶紧放出白鹰前去捕捉，谁知这只赤兔非常矫健，好几次几乎被他们给逮着了，一溜烟却又溜走了。

一群人跟着赤兔一路奔逐，到了一片沼泽地，泽的中央盖了一个破烂的茅草屋。有只狗自茅屋中窜出，一下子就咬死了白鹰与赤兔。

看见自己的猎物竟然被该死的狗给咬了，高欢大怒，拿出鸣镝（dí）一箭射死了狗。这时，茅屋中有两个彪形大汉跑出来，揪住了高欢的衣襟，生气地说："你小子发什么神经？把我们的狗还回来！"

"孩儿，不得无礼。"正在此时，有个瞎眼的老婆婆拄着拐杖自屋中步出，她呵斥道，"不要为这件小事触怒大家。"

那两个彪形大汉虽然余怒未消，但碍于母命，也就不再和高欢争执了。

老婆婆道："来，到我家吃顿中饭吧，孩儿，把羊给宰了待客。"她转头命令两个儿子张罗菜肴，就牵着高欢的手来到了屋内。

老婆婆对这些访客似乎很感兴趣，不断问长问短，而且一一为他们摸骨看相。当她摸到高欢的脸时，不禁大呼："此乃贵人异相，世所罕见啊。"

吃完了饭，一行人告退。走了数里路，他们谈起老婆婆的看相，觉得挺有意思。再折回去寻访，竟然看不见茅屋，沼泽一带根本从来无人居住。看来他们不是见了鬼，便是遇到了神仙，因此对老婆婆的摸骨更加深信不疑，诸人对高欢不免另眼相看。

高欢究竟有没有遇到摸骨老婆婆，谁也不敢说。不过史书中对创业帝王总是有许多近乎神话的传说。这是因为想要推翻前代朝廷的人，为了赢取民心，经常编造一些神话，表示此乃天意也。

话说高欢在当了函使之后，每次从洛阳回到怀朔镇，总是拿出钱来大请特请，几乎是倾家荡产结交朋友。

高欢的亲友们看着奇怪，问他道："你这是干什么嘛？"

高欢笑笑道："自有道理。我当函使到了洛阳，看到了宿卫羽林相率焚烧领军张彝的住宅，朝廷害怕乱事扩大竟然不闻不问，可见得政治腐败到了什么地步了。"这句话隐含的意义是：高欢有野心夺取天下。

所以当六镇开始造反时，高欢毫不犹疑参加了拔陵的部队。拔陵失败，他又先后参加了杜洛周及葛荣的部队。当尔朱荣的势力抬头，高欢希望再转到尔朱荣手下。

尔朱荣起先看到高欢，满脸风霜，面容憔悴，不怎么欣赏。

高欢回去后梳洗打扮一番，换上了新衣，再次求见尔朱荣。

尔朱荣一言不发，把高欢带到了马厩，牵出一匹恶马，冷言道："你骑骑看。"

原来这是一匹顶顽劣的奇马，没有谁能驯服它。高欢一跃而上，狠狠地踢了几下马肚子，说来也奇怪，那匹马竟乖乖的被高欢骑着转了一圈。高欢神气地说："御恶人亦如御恶马也。"然后，从从容容、漂漂亮亮地转身下马。

尔朱荣大为佩服，把高欢请入密室商谈。

高欢说："听说公在十二个山谷分别养了十二群马，用颜色区别之，这用来做什么呢？"

尔朱荣不答，反问一句："依你的意思如何？"

高欢说："现在天子愚弱，太后淫乱，朝政不行；以公之雄武，乘时夺取天下，霸业可成，这是我贺六浑的意思。"

这句话，打入尔朱荣的心坎里。以后，高欢成为尔朱荣手下一等一的红人。

后来，尔朱荣讨平六镇之乱，进攻洛阳，杀掉了胡太后等二千余人，然而尔朱荣也被杀。高欢遂代尔朱荣成为一方霸主。

杜弼冒冷汗

在上一篇《高欢的奇骨异相》中说到，高欢代替尔朱荣，平定了北魏的乱事。

高欢当权以后，相当跋扈，北魏的皇帝孝武帝受不了高欢的跋扈，逃出洛阳，投奔关中，依附镇守长安的鲜卑人宇文泰。

因此，当高欢进军洛阳的时候，皇帝已经逃走了，他只好再立一个新君——孝静帝。于是，统一不到一百年的北方分为东西两部分，东魏由高欢控制，西魏由宇文泰控制。

高欢封自己为大丞相、太师、天柱大将军、定州刺史。将儿子高澄封为侍中，神气活现。

他为了控制国内的情势，一手拉着汉人，一手拉着鲜卑人，希望能够和衷共济，共同为他效命。

所以他对鲜卑人说："汉人是你们的奴隶，男的为你们耕田，女的为你们织布，让你们吃得饱、穿得暖，为什么还要老是欺负汉人呢？"

同时他又用汉语对汉人说："鲜卑人是你们的客人，拿你们的一斛粟，一匹绢，为你们抵御外侮，保护你们的安全，为什么还要痛恨鲜卑人呢？"

事实上，当时东魏胡人对汉人的确不太公平，鲜卑人十分轻视汉人，除了一个人——高敖曹除外，因为他很能打仗，连高欢对他都敬畏三分。高欢号令将士，一向是用鲜卑语，但是当高敖曹在列，高欢一定说汉语。其实高欢自己本来是个不折不扣的汉人，只是胡化了，成为一个胡化的汉人。

有一天，高敖曹与刘贵在闲坐谈天，忽然一个士兵进来通报："糟了，外头治水的役夫被溺死好多，情况凄惨。"

刘贵连眼皮也不翻，径自喝着酒："汉人一条命也不值一个钱，随他们去死，大惊小怪干什么？"

高敖曹是汉人，一听之下，怒气冲天，拔出尖刀就对准了刘贵的喉头。刘贵吓了一跳，连着退后几步："你要做什么？"然后溜出了营外。

高敖曹也来到营外，开始鸣鼓会兵。于是隶属高敖曹旗下的士兵纷纷携刀带剑前来会合。一时之间，杀气腾腾，好像马上要开战了。这个时候，侯景等人纷纷前来劝解，说了半天，高敖曹决定不出兵，然而还是余怒未消。他一个人踏着大步来到了高欢的丞相府，求见高欢。

来人通报之后，久久却不见请入。原来高欢知道高敖曹满肚子的怒火，很难对付，干脆来一个不见。

高敖曹左等右等等了半天，仍然不见动静，气得拿起弓箭，对准相府的门射去。高欢相府中的仆役着急地禀报："不得了，高敖曹竟然对着相府射箭。"

高欢知道了，也并不责备高敖曹，因为胡汉不公平，本来是一个没法子解决的大麻烦。此外，汉人对胡人的贪污暴虐也十分不满。

曾经有一个行台郎中杜弼（bì）认为文官贪污太过严重，希望高欢严加惩治，以维系人心。

高欢对杜弼说："我告诉你，天下贪污这个习俗由来已久。我也不是不知道拿红包是一个陋习。但是目前督将的家属多半住在关西，西边的宇文黑獭（就是宇文泰）正在多方利用家属引诱我的将领。南朝又有萧衍（梁武帝）那老头儿，讲什么衣冠礼乐，使得中原士大夫纷纷以为梁朝的萧衍才是正朔所在。我如果采纳你的建议，急急于整饬（chì）纲纪，铁面无私，那好啦，督将都跑到黑獭那边去了，士子全部投奔到萧衍手下。人才都走光了，还成什么国家？你的话我记在心里，不过恐怕还要过一段时间才能实行。”杜弼也不敢多言。

过了不久，高欢准备要出兵，正在紧锣密鼓之时，杜弼又来求见。

杜弼说：“如果要出兵，必定得先除内贼。”

“谁是内贼？”高欢反问道。

“勋（xūn）贵掠夺百姓，无法无天，难道不是内贼？”杜弼痛心地说。

的确，那些个鲜卑将领们，仗势欺人，老百姓敢怒不敢言，相当悲惨。杜弼觉得十分奇怪，莫非高欢一点也不清楚外界的情形？

高欢不回答杜弼的问话，他“啪啪”一拍手，立刻之间，殿前聚集了许多军士，有的张着弓，有的举着矟（shuò），夹道罗列。然后，高欢命令杜弼从道间穿过。

一听此言，杜弼吓得满头大汗，但是他不敢违抗命令，只有硬着头皮往前走。

杜弼不敢抬头看那些亮晶晶的刀剑，又不知道高欢为什么要这样做，低着头，一步一步小心往前挪。稍不留神，臂膀碰到了冰凉的锋口，吓得他一哆嗦，这一惊又害得杜弼看到了这些军士的脸，个个目露凶光，实在怕人。

杜弼好容易走完了这一段路程，面色死白。高欢这才道：“矢虽注不射，刀虽举不击，矟虽按不刺，瞧你吓得亡魂失胆。要知道这些军士冲锋陷阵，百死一生，就算有点贪污，也是情有可原，不可以与一般人相提并论。”

杜弼连忙叩头道："是是是，还是丞相高明。"

其实，高欢所讲的是不对的。每一个国家、社会，都有黑暗、错误的地方，如果一意姑息，为患更大。譬如说贪污，这当然不是一件好事，至少贪污者必受到适当的处罚，如果说像高欢一样，当政者不但不以为耻，而且想办法庇护贪污者，那将是什么样的情形呢？

高澄羞辱孝静帝

中国古代的皇帝享有绝对的权威，只要帝王自己愿意，他可以做任何他所要做的事，因此皇帝向来是人们所羡慕的对象。但是有的时候，皇帝的境遇也相当悲惨，譬如今天我们要讲的东魏孝静帝。

前面说过，高欢赶走孝武帝，另外立了一个傀儡皇帝孝静帝，自己掌握一切政权。

孝静帝生得清秀文雅，爱好文学，当时的人认为他有魏孝文帝的风采。

因为高欢刚刚把孝武帝赶走，心中颇有几分惭愧，因此虽然大权在握，表面上对孝静帝还是客客气气，任何事情，无论大小，都要禀报孝静帝，听候他的旨意。

孝静帝信佛，经常举行法会。每次赴法会之时，高欢恭恭敬敬，捧着香炉，跟在车辇旁边（辇，皇家坐的车子），鞠着躬，屏着气，小心翼翼地承望颜色。

其他的臣子看到高欢惶恐的样子，对孝静帝当然也是十分恭顺，生怕怠慢了孝静帝。

等到高欢去世，他的儿子高澄袭位，情况就大不相同了。高澄一向讨厌孝静帝，对孝静帝十分倨傲。他还派了中书黄门郎崔季舒，专门窥伺（sì）孝静帝的一举一动。

“那个痴人最近怎样了？”“痴人的病如何啦？”“你要小心看牢

痴人！”高澄时常向崔季舒叮咛着，孝静帝乃堂堂一国之君，竟然被臣子唤为痴人。

有一天，孝静帝到邺东地方去打猎，舒散身心；马鞭一挥驰逐如飞。这时，监卫都督赶紧骑了一匹快马自后面追来；一路赶，一路叫嚷着：“天子莫走马，大将军会生气的。”

因为孝静帝万一骑马受了伤，有个三长两短，着实麻烦，所以孝静帝连骑马的享受也被剥夺了。

过了不久，高澄举行宴会，他举起酒杯对孝静帝说：“臣澄劝陛下酒。”神情相当傲慢，完全不像一个臣子对待君王的态度。

孝静帝心里很不开心，冷冷地说：“自古无不亡之国，又何必把朕摆在这儿？”

“呸，朕！朕！狗脚朕。”高澄怒斥道，然后命令崔季舒揍了孝静帝三拳，愤愤而出。

第二天，高澄又叫崔季舒去向孝静帝赔罪，孝静帝为着表示自己的大度，送给崔季舒四百匹彩。

回到后宫，孝静帝愈想愈觉得人生无趣，随口咏出谢灵运（南朝大诗人）的一首诗：“韩亡子房奋，秦帝鲁连耻，本自江海人，忠义感君子。”他咏诗的含义是说，韩国灭亡了，张良（字子房）奋勇抗敌；秦朝称帝，鲁仲连觉得耻辱，他现在也正需要忠义君子来相助。

当孝静帝吟诗流涕的事情传出之后，有几个大臣合起来想帮助孝静帝。首先他们挖了一条地道从宫中通到千秋门。

看门的守卫觉得地下响动，好生奇怪，上告高澄，高澄派人把在地下挖地道者一网打尽。

然后，高澄带着一营兵，气冲冲地入宫道：“陛下何必要造反？想我父子二人功在社稷，哪一点有负陛下？这一定是陛下左右嫔妃所干的好事，来人啊，快把胡夫人及李嫔给我绑起来！”

孝静帝气得脸孔涨得通红，他正色道："自古以来，只听说臣子造反，哪里有皇上造反的？你自己要造反，何必责备我？我杀掉你国家才能平安无事，不杀你则国家灭亡无日。你如果要杀我，或早或晚看你的意思，何必怪罪于嫔妃？"

高澄一听，急忙跪下叩头，大呼谢罪。因为纵使他掌理一切权柄，但是在君臣伦理观念下，帝王仍然具有一种心理上的威力，使臣子战战兢兢。

东魏武定五年（547 年）间，梁朝有个将领兰钦的儿子兰京被东魏所俘虏，高澄把兰京派到厨房去当膳奴。兰钦屡次要求用钱把儿子赎回去，高澄总是不肯。

一次，兰京又前来恳求，把高澄惹烦了，他指着兰京的鼻子说道："你要再来啰嗦，我就把你给宰了！"

不久，高澄有一次在进食时，兰京捧着食物上来，高澄立刻把他赶走，并且对左右说："昨天晚上我梦到这个奴才拿刀砍我，我应该早点把他杀掉才好。"

兰京在门外听到这番话，偷偷把一把刀藏在盘子下面，再次走进来。

高澄一看到兰京，不由得发火道："我并没有要食物，你又来干什么，快快滚出去！"

"我啊，我来杀你！"说着兰京一刀挥过去，高澄吓得躲到床底下。然而兰京的同党把床搬开，杀掉了高澄。

高澄的死讯传出之后，孝静帝连忙拜天谢地，并且对左右说："大将军（指高澄）今日已死，这是天意，朝廷的威权又要收归皇帝了。"

孝静帝禅位

高澄被杀，高澄的弟弟高洋听到消息，很镇定地率领了一部分士兵，冲入高澄家中，把参与谋杀高澄的人砍得一块块的，血肉横飞。然后他颜色不变地走了出来，对大家宣布："一个奴才造反，高澄大将军受了一点轻伤，没有什么关系。"其实这个时候，高澄早已死去，高洋惟恐人心不安，故意秘不发丧。

过了不久，高澄去世的消息渐渐传出，被高澄当成奴隶、随意打骂的孝静帝高兴地说："大将军今天已死，这是天意，哈！哈！"

孝静帝正在为高澄的死暗自欣喜之时，高洋已经率领八千武士，带着刀剑闯入宫中，神气地说："臣有家事，须到晋阳走一遭。"然后旋风一般，率领着武士昂然出宫。

留下孝静帝一个人愣在那儿，他自言自语道："又是一个不相容的角色，朕不知死在何日。"

高澄去世之后，高洋表现得可圈可点，神采飞扬，言辞敏捷。臣子们都看呆了，因为在他们心目之中，高洋原是一个窝囊的小角色。高洋是高欢的第二个儿子，高澄的弟弟。当高欢尚未发达以前，常常担心过不了寒冬，那个时候高洋年纪很小，还不会说话，忽然冒出一句"得活"，把家人吓了一大跳。因此，高欢很喜欢这个二儿子。因为这个原因，高澄对高洋心怀嫉恨。

高洋知道哥哥高澄不喜欢他，高澄又大权在握，因此处处让着高澄。只要是高澄喜欢的漂亮衣服、精致摆设，他都送给高澄。

高澄因此十分轻视高洋，对人们说："像他这种人也能得到富贵，相书中也不知道怎么说的。"

其实，高洋是故意装傻，明哲保身，他聪明厉害着哪！

到了第二年的春天，一天早上，高洋对别人说："昨天我做了一个梦，梦到有个仙人拿了一支毛笔在我额头上点了一下，我就惊醒了，这是什么意思啊？"

有个会拍马屁的臣子一听此言，连忙跪下叩头道："恭喜大王，大王现在是齐王，王字上加一点，这不就是主吗？表示大王应该当皇帝啊。"

接着不停有人陆陆续续进言，建议高洋接受禅让，自己做皇帝。什么叫做禅让呢？我们曾说到，尧把帝位让给舜，舜把帝位让给禹，称之为"禅让政治"。因为禅让是表示前一个朝代的帝王，自己愿意放弃权力让位给新的一个王朝的创业帝王，因此后代许多想篡位的臣子便借"禅让"的美名逼前一朝皇帝让位，表示是你看我圣贤心甘情愿让位给我的。

高洋听了臣下的劝告，告诉他母亲。他母亲板着脸教训高洋："你父亲高欢如龙，你哥哥高澄如虎，他两人一辈子侍候皇上。你是什么人，噢，竟然想效法尧舜的故事吗？"

听了母亲的教诲，高洋有些儿垂头丧气，徐之才劝告高洋说："正因为你的才能比不上父兄，你更是非篡位不可。譬如曹操老早就想自己当皇帝，但是曹操不篡位没有关系，到了他的儿子曹丕就非要篡位不可；因为曹丕没有曹操能干，他如果不当皇帝，他自己这个独揽大权的职位迟早会被别人抢走。"

于是高洋开始积极进行禅让的事，首先他派了魏收起草"九锡"。什么叫做"九锡"呢？古时候天子赐给有功的诸侯衣物等共有九样东西，以前，在王莽篡汉之前，先自己假借皇帝的名义，颁给自己九锡，并且让皇帝颁给一篇九锡文，里面盛称王莽的丰功伟业。从此想要篡位的臣子总要先准备一篇九锡文，歌功颂德一番。

高洋的篡位，臣下不见得赞同，高隆之有一次就明知故问道："这些东西是要干什么啊？"高洋很不高兴地回答："我自有道理，你何必多问？是不是想要我灭你的族？"高隆之吓得不敢再问。

一切就绪之后，侍中张亮求见孝静帝，孝静帝在昭阳殿接见他。

张亮道："朝代的转换，如同金木水火土有始有终，现在的齐王圣德钦明，万方归仰，愿陛下效法尧舜。"

该来的总是会来，孝静帝正色道："此事拖延已久，谨当逊避，应该写一个诏书告示天下。"

"诏书早已写好。"张亮道。

既然一切都准备妥当，孝静帝苦笑道："那么以后朕住在哪儿呢？"

底下有人接口道："北城有一座馆宇。"

孝静帝默默地走下御座，步入东廊，长叹一声："我想到后宫话别。"

高隆之道："今日天下还是陛下之天下，何况是六宫呢？"他还在说风凉话。

后宫的嫔妃已听说了这个消息，个个哭成一团，当孝静帝进入后宫，更是一片哭泣之声。李嫔诵陈思王的诗云："王其爱玉体，俱享黄发期。"陈思王指的曹植，意思是说，希望皇帝保重身体，得以长寿。

孝静帝抹着眼泪，缓缓地攀登上车。有个臣子，一步一步向前，抱着孝静帝把他塞入车中，孝静帝生气道："你是什么人，何必逼人太甚。"

就这样，孝静帝禅位，高洋即皇帝位，建立了齐朝，史称北齐，以别于南朝萧道成建立的齐。至于孝静帝，高洋还是不放心，不久派人将他毒死了。

高洋发酒疯

高洋逼着孝静帝让位给他，建立了北齐，是为北齐文宣帝。

高洋刚刚开始当皇帝的时候，十分留心政治，法律森严，内外肃然；而且亲身上前线，勇破契丹、山胡、柔然的军队。

不久，高洋自认为功大业大，渐渐开始骄狂，他心想："这么辛辛苦苦做什么，有机会应该多玩玩。"

前面说过，魏晋南北朝的人沉迷于奢侈享受，尤其酷爱饮酒。一般人因为受物质环境的限制，往往不能够畅所欲为。做皇帝的人可不一样了，要什么有什么，要多少有多少。但是也因为如此，一般人的享受在高洋看来，已经不够过瘾。

高洋的酒瘾一天比一天凶，喝醉了酒，他便摇摇摆摆，且歌且舞，或者披散着头发，或者裸露着身体，或者把脸上涂着红红绿绿。他有的时候骑驴，有的时候骑牛，甚且有的时候骑着白象，而且不加鞍勒，随意乱走，旁人看着捏一把汗，却也不敢加以阻止。

高洋不止在宫中出洋相，还大模大样骑上街去，他在夏天把衣服剥光，这可能是怕热，但是在严寒的冬天，旁人都缩头哆嗦时，他也照样脱光，就不能不说有点举止异常了。

皇宫中在造房子，高有二十七丈，两栋之间距离有两百多尺，即使是工匠也非常惧怕，施工时得把绳子系在身上，攀牢木架。高洋半句话也不说就上了工地，然后在屋梁之间走来走去，下面的人都看傻了眼。谁知高洋竟然在屋脊中间跳起舞来，还不时转个圆圈，真把大家给吓坏了。

玩够之后，高洋走下来，拉着道上的一个妇人问："你看天子如何？"妇人顺口答道："癫癫痴痴，何成天子？"不一会儿，高洋把妇人给杀了。

高洋的母亲娄太后见他如此疯狂，气得拿起拐杖敲他道："怎么会生出这种儿子！"

"嘿，看来该把老母嫁给胡人算了，免得啰啰嗦嗦。"

听到儿子竟然说出这种忤逆的话，娄太后气得脸色铁青，一言不发。高洋大概也知道说错话了，连忙匍匐在地上，举起太后坐的胡床，想要引得太后一笑；没有想到，用力过猛，反而把太后摔到地上。

酒醒之后，高洋也颇有悔意，他找来一堆木柴，把火烧得炽炽旺旺，然后准备往火中跳。太后吓坏了，赶快一步向前，阻止高洋，勉勉强强扮出一个苦得不能再苦的笑容："别放在心上，你刚才喝醉了酒讲酒话。"

于是，高洋把上衣脱掉，对高归彦说："你拿棍子打我，用力地打，如果打不出血，当心我斩了你。"

高归彦拿着棍子为难极了。娄太后一把抱住了高洋："好了，不必打了，你晓得自己犯了错就够了，打在儿身痛在娘心啊！"

吵了半天，高洋还是坚持自己要挨打，最后在脚上打了五十下。从此以后，高洋发誓戒酒，可惜只戒了十天，高洋又开戒了。

高洋趁着酒兴，到处寻找美女，不论是王公大臣的妻子，或是任何稍有姿色的女孩，凡是被他看中的终究难逃其掌握。反正他也没有真正动过感情，玩过便算。

因为世界所有好玩的东西都玩过了，然而这些玩乐都是刺激感官的，过久之后，原来刺激的东西变得不再有趣，心灵感到空虚。久而久之，玩鸡斗狗已不足发泄人的兽性，他日渐更

供御囚，选自明刊本《帝鉴图说》。

加倾向于暴力。

他自己设计了大镬（huò）、长锯、锉碓（cuò duì）等刑具放在宫廷之上，每次喝醉了酒，就在廷上试用刑具杀人，以为娱乐。杀了之后把尸体丢到火中或投入水中，丞相杨愔（yīn）劝之不听，只有挑选监狱中的死刑犯当做“供御囚”，以免高洋伤害无辜。连丞相本人都曾经被高洋装入棺木之中，让丧车拖着走，高洋认为这样很好玩。

因为高洋已失去理智，所以丞相杨愔处理政事格外困难。有一次开府参军裴谓之上书极谏，劝高洋切勿再如此狂暴。

高洋很不开心地对杨愔说：“这个愚蠢的家伙，他怎么敢这样上书！”

杨愔为着保全裴谓之一命，急中生智道：“他啊！想要陛下杀掉他，借以成名于后世。”

“噢？小人我都不屑杀，我偏不杀他，看他如何能得名？”高洋得意地说。裴谓之的小命才算得以保全。

一次，高洋乘着酒兴，骑着快马跳下悬崖，在急湍中奔驰。随从的大臣前去追赶把马拉回，扫了高洋的兴致，气得要杀那大臣。

那大臣沉着应道：“臣死不恨，当于地下启奏先帝，谓此儿酗（xù）酒，不可教训。”

高洋不发一言，沉默地走了。

过了几天，高洋对那大臣说："我如果饮酒过量，你可以狠狠地打我。"

可见得，高洋自己也知道喝得太猛了，但是意志力不够坚强。最后，终于在天保十年（559 年）因为酒精中毒而死，死时才三十一岁。

高洋虽然贵为天子，可是因为不知道节制，非但没有快乐，只有痛苦。这就是放纵的下场。

高洋有个不“肖”的儿子

北齐文宣帝高洋酒瘾极大，终日疯疯癫癫，喜怒无常。

高洋的弟弟，常山王高演，对此十分忧心。有一天，高洋在玩槊（槊，一种长一丈八尺的古兵器），他举着槊，往前一刺，都督尉子辉应手而毙。

“哈！”高洋高兴地一拍手，把槊放下，却一眼望见高演在旁边，皱着眉，叹着气，一脸哭相，忧伤与悲愤形于颜色。高洋也发觉了高演对自己的不满意，挑着眉毛道：“只要有你在就够了，我为何不能享乐享乐？”

高演也不吭声，只是跪在地上，哭了又哭，满地都是泪水。

悲哀凄凉的哭声连高洋也被感染到了，他把杯子一摔道：“哎，你是这样的嫌恶我。好，今后谁敢向我进酒，我一定把他给斩了。”接着，他把御用的酒杯，一个一个摔在地上砸个稀烂。然而没有多久，高洋又故态复萌，大饮特饮。

不过，高洋对高演这个弟弟还是心存几分忌讳。譬如说，高洋在权贵亲戚家中，和大伙玩角力或是手击的游戏。每当高演来到，看到他那严肃的模样，高洋也就停止了嬉闹。

但是因为高洋到底是皇帝，古时候的皇帝具有生杀予夺之大权，高演的劝谏，经常为自己带来祸害。有一回，高演又因为上谏力争，被高洋派人毒打一顿。

回去之后，高演开始绝食，一粒饭也不肯吃。他的母亲，也正是高洋的母亲娄太后听说了，急得日夜哭泣。

高洋虽然昏醉如痴，却也还不能不顾母亲。他说：“万一这个小儿死了，那我的老母怎么办？”于是高洋亲自去看了高演好几回，对他道：“你努力勉强多吃一点东西，我把王晞还给你。”

王晞是高演的好朋友，也因为上谏之事被高洋关在大牢里，因而利用这次机会得以放出。两人相见，抱头痛哭。高演抱紧王晞说道：“我的呼吸困难，气息衰弱，命若游丝，恐怕日后不能再相见了。”

王晞哭着说：“天道神明啊，你怎么可以让殿下这样子死去。殿下啊！天子是你的哥哥，又是天下的皇帝，你怎么能够与他计较呢？你不肯食，弄得太后也不肯食，殿下就是不爱惜自己，也该为太后老人家着想啊。”

他的话还没有说完，高演已打起精神坐好，十分吃力又十分痛苦地和着眼泪把饭吞下。

过了没有多久，高演有一次又苦谏高洋，惹来高洋的不满意。他把高演两只手抓住向后绑缚着，然后拿着刀抵住高演的喉咙道：“你这个小子怎么知道？说，是谁叫你这么做的？”

高演长叹了一口气：“现在天下闭口，除了臣，有谁敢多说。”

高洋气得拿棍子乱捶了高演数十下，方才消除心头之恨。

高洋和他的弟弟高演个性完全不同，甚且，高洋的儿子高殷也完全不“肖”其父。肖是像的意思，平常不肖之子是骂人的话，但这个不肖之子倒真可爱。

高洋的太子叫高殷，是李夫人所生的儿子。李夫人是汉人，当初高洋要立李夫人为皇后之时，曾经受到群臣的反对，说：“汉妇人怎可为天下母？”高洋不顾一切，仍然立了李夫人为后。

高殷自小性情开朗温和，喜欢读书，虽然年纪很小，却已有人君的气度风范。进退应对流露出一股高贵的气质，是平常小孩身上所看不到的，博得众人的一致夸奖。

但是，高殷的父亲高洋却不喜欢这个儿子。他看不惯那文雅的风度，不止一次咆哮道："这个小子得汉家气质，不像我！"

为了要使太子高殷像自己，高洋决心训练调教一番。有一天，高洋登上金凤台，就派人把九岁的高殷召来。前面一篇中说过，高洋有许多"供御囚"是监狱中的死囚，专门用来让高洋杀人取乐的。

这下子，前边就五花大绑了一个"供御囚"供人宰割，"哪，拿去。"高洋把刀子交给高殷，高殷迟疑了半天才接过刀子。

"发什么呆，快杀啊！"高洋很瞧不起这个没出息的长子。

九岁的高殷拿着刀子，望着绑在地上的犯人，实在不敢下手。抬头望着父亲高洋正虎视眈眈地瞪着，为难极了。最后，闭着眼睛，使出吃奶的力气，勉勉强强砍了一刀。犯人发出"嗯嗯"的呻吟声，原来没有击中要害，脖子上流着一片鲜血，看着好不吓人。

为着早点解除犯人痛苦，实在应该早些砍断脖子，但是高殷又不忍心再砍下去。如此反复再三，还是不能把头砍掉。高洋在旁边，看得火大极了，亲自拿着马鞭去抽垂死犯人的脖子，高殷看着几乎要昏倒。以后，九岁的小太子经常气喘，说话也结结巴巴，言语滞塞，精神也有一些受了刺激，恍恍惚惚。

高洋一语成谶

自从高洋教他九岁的太子高殷杀人，高殷一连砍了三次，都没有办法砍断犯人的脖子以后，高洋就很不开心。每次喝酒喝得醉醺醺就开始嘟嘟囔囔："太子性情懦弱，社稷事重，皇位终当被常山王抢走。"常山王正是高洋的弟弟高演。

早在高洋命令邢部为太子命名之时，高洋已经担心高演会夺高殷的皇位。原来高殷出生以后，高洋命邢部为太子取名，邢部奏请名殷，字正道。

高洋说："嗯，高殷，好。殷是殷商也，商朝人规定王位继承是兄终弟及，那表示说，我这个做哥哥的死掉了，就该轮到我弟弟高演当皇帝了。"

邢部一听，面色如土。

高洋又继续道："字为正道，更妙，正是一个'一'字下面一个'止'字，表示我死了以后就完了，我的儿子当不成皇帝的。"

为太子命名的邢部吓得在地上不断叩头，请求给一个机会，为太子更改名字。

高洋却不肯，他说："这是天命，改了也无用。"

从此以后，高洋每回见到高演就冷嘲热讽道："要夺皇位就尽管夺吧，但是你别把我儿子给杀了。"

没料到高洋一语成谶（chèn），后来，果然高演夺了高殷的皇位。

高洋虽然沉湎于酒，昏醉如痴，但清醒时，说些预言的话常常应验，所以当时人称之为神灵。譬如有一次，高洋问一个泰山道士："我能做几年天子？"泰山道士回答道："三十年。"高洋回宫以后，对李皇后说："那道士说我能做三十年天子，但是十年十月十日也是三十呀，那不是快到了吗？好可怕啊。"不幸，高洋又是一语成谶，在天保十年（559 年）十月十日，他真的死了。

当时，高洋嗜酒荒淫，行为乖张，只亏得丞相杨愔（yīn）英明，处处为他补缺弥缝，使得国家还能常保安宁，人们称之为"主昏于上，政清于下"。

杨愔看到高洋一天到晚说高演要夺位，实在不像话，禀告高洋道："太子是国家之根本，不可动摇，皇帝在喝了三杯酒以后，就会说要传位给常山王。如果是真要如此，就该彻底实行，这话不是儿戏，随便说说恐怕会引起国家的不安。"于是，高洋才不把高演会夺位的事挂在口上。

高洋最后因为酒精中毒暴崩，去世时只有三十一岁。十岁的高殷即位于宣德殿。

因为高殷的年纪很小，奏章等都先由叔叔高演决断。杨愔一向是忠于高洋的，他很担心高演会正如同高洋生前所料，夺高殷的皇位。

高演也发觉杨愔对他心存猜忌，为了免除不必要的误会，他悄悄地搬出了皇宫，回到自己常山王的宅第。从此，奏章诏敕也渐渐管不到了。

高演自己并不在意，他的朋友王晞却上门对高演说："鸷（zhì）鸟离开了窝巢，必然担心鸟蛋被偷，你怎么可以自皇宫搬出呢？"

另外，中山太守求见高演，高演知道必定又是责备他不应该搬离皇宫的事，干脆不接见中山太守。

王晞又对高演说："以前周公一口气见七十个宾客还嫌不够，

你有什么值得嫌恶疑惧的呢？真的怕人家说你要夺皇位吗？”

这个时候，刚好杨愔有鉴于天保八年（557 年）以后，爵位赏赐发得太多太滥，有意加以整顿。首先他解除自己开府的职位，然后把王公之中，凡是不应该得到恩荣却又得到的，一律予以罢免。这样一来，得罪了不少王侯，纷纷传言，皇帝年纪太轻，王业恐怕会落入外人之手。

于是，一批王公贵族决意拥高演为皇帝，除掉杨愔的掌权。

其中长广王道：“这样吧，我们请杨愔喝酒。我说一声‘敬’，他一定不喝，我再说一遍‘敬’，杨愔一定还是辞谢，我最后说：‘你为什么不喝？’这个时候，你们便上前把杨愔给捆绑住。”

到了宴会的当晚，大家依计而行，在长广王一声怒喝“我敬你酒，你为什么不喝”之后，一大群人向前把杨愔给拉住。

杨愔十分愤怒道：“诸王要造反，要陷害忠良吗？我杨愔尊天子，斥诸侯，赤心保国，何罪之有？”

话还没有说完，一阵拳杖乱殴，杨愔被打得头破血流，奄奄一息。

高演并不见得赞同这场政变，然而事已至此，也只有他出面收拾残局。他叩着头对母亲娄太皇太后（高洋去世，皇太后升为太皇太后）哭着说：“臣与皇上，骨肉至亲，但是杨愔等独揽朝权，作威作福，王公大臣以下都不敢言，为着国家着想，臣把杨愔等绑来。”

太皇太后说：“杨郎现在在哪里？”

下人答道：“一只眼睛已经被挖出来了。”

“杨郎做了什么？你们要如此对待他？”太皇太后悲怆地说，然后转头问高殷，“皇帝，你怎么说？”

小皇帝也不敢多言，讷讷道：“任凭叔父处分。”

于是，杨愔等统统被杀。

杨愔出丧的时候，太皇太后哭得最为伤心。她抽泣地说：“杨郎忠心而被害。”于是她拿了一些金子，放在杨愔被挖出眼球的眼眶之中，伤心地说：“表示我的一点点心意。”

高演也很后悔杀掉杨愔，因为杨愔的忠心耿耿是人人皆知的，只是因为政权斗争成为牺牲品。于是下诏：“罪止一身，家属不问。”意思是说罪过只限于杨愔一人，不牵连到家属。因为按照古时法律，凡犯重罪家属一并受罚。

接着，高演废去侄子高殷，自立为帝，是为北齐孝昭帝。

第二次“三武之祸”

六镇之乱以后，北魏分为西魏（由宇文泰控制）、东魏（由高欢控制）。关于高欢传到高洋，灭掉东魏建立北齐的故事，在上几篇中已经讲了不少，现在我们再看看西魏方面：

宇文泰拥立魏文帝以后，励精图治，创立府兵制，从事军事上的种种革新。到他的儿子宇文觉篡位，建立北周。是为北周愍帝。

宇文泰去世时，宇文觉仅有十五岁，政权都控制在他堂哥宇文护的手中。以后宇文护杀掉宇文觉，又杀掉宇文觉的哥哥宇文毓（yù）（北周明帝），最后轮到宇文泰第四个儿子——宇文邕（yōng）即位——是为北周武帝。

武帝即位以后，仍旧由宇文护总揽大权，一切公文，非得要宇文护署名才算数。宇文护宅第中屯兵侍卫，简直比宫廷里还要多。他的儿子及僚属们个个都是贪残横暴，大家都敬鬼神而远之。

至于周武帝心里头怎么想，因为武帝沉默寡言，面无表情，没有人猜得透他的心思。

有一天，宇文护请教大夫庾（yú）季才道：“最近天道有什么新的征象吗？”

庾季才恭敬地回答：“臣蒙恩深厚，不敢不尽言。从天象看起来，西近、文星两个星座最近有了变动。公应该归政天子，自己请求告老还家，如此才能如周公一般，享百年之高寿。同时，子孙也得以享有封邑，藩屏王室。否则的话，这个，臣就不敢预知了。”

宇文护听说此言，心中老大不高兴，却又不方便发脾气。沉吟了半天才慢吞吞地说："我本来就不想再干下去了。只是一连上了几个辞呈都没有准，只好勉为其难。"

他这一番谎言连自个儿听了都心虚，于是，对庾（yú）季才说："你既为王官，以后只要注意天子的事，不必再为寡人担心。"从此，宇文护对庾季才日渐疏远，因为他讲的话不动听，不合宇文护的胃口。

表面上，周武帝对宇文护还是恭恭谨谨，在宫里见到宇文护都是行家人礼，也就是说，因为宇文护是武帝的堂哥，辈分比较长，所以武帝向他行弟礼，而不是依照君臣之礼。在宫里面，两人陪着太后聊天时，也是宇文护坐着，武帝一旁站着侍候。

周武帝宇文邕，唐阎立本绘。

有一天，武帝对宇文护说："太后春秋已高，年岁已大。然而她非常爱喝酒，我屡次上谏，太后总是不肯接纳。兄今入朝，希望再劝一劝太后。”

说着，武帝自衣袖之中掏出一篇《酒诰》，说道：“兄到朝上后，可以照着宣读。”《酒诰》是古代《尚书》中的一篇，由周成王所写的，内容是劝他母亲戒酒，写得十分委婉动人。

到达宫中以后，宇文护开始聚精会神朗诵《酒诰》。《酒诰》写得极长，全部读完还相当花时间。

宇文护念到一半，忽然之间，武帝自后面拿起笏（笏，是一种手板，写事备忘用），往宇文护的脑袋瓜子一敲，宇文护应声而倒，然后派人把宇文护给斩了。

这一下子除掉宇文护，周武帝正式掌权，治理国事。此时，他发现国家有一个很大的问题，那就是和尚、尼姑多得吓人。

从五胡十六国时代开始，自汉朝时传入的佛教开始大为鼎盛，魏晋时代的人，天天过着悲惨的生活，他们悲观而绝望，渴求一种新的人生观来抚慰心灵。一方面因为寻求安慰，另一方面出家是逃避租税、兵役最好的方法，所以和尚尼姑愈来愈多。到北魏末年，僧尼人数有二百万，寺院有三万多所。

此时北周的卫元嵩向武帝建议：和尚应该分为有德及无德两种，没有德行的僧侣不能逃避兵役。他的理由是佛家最讲求平等的。僧侣过多，国家的税收不够，只得向一般百姓征收更多的税来贴补，实在太不公平。

到武帝亲政的第二年，关中闹灾荒，他下了一道命令：“囤有粮食的富户，除了留下自己需要的口粮以外，其余的一律拿出来卖。”

结果，富裕的寺庙非但不听话，反而借这个机会放高利贷，剥削百姓，这下子把雄才大略的武帝惹火了。他想，要是如此下去，以后处处成寺，到处全是和尚还像话吗？于是下诏灭佛。

同时，佛教教人出家，内不能尽孝于父母，外不能尽忠于君国，也引起极大的争论。认为与我国传统的儒家学说抵触，加强了武帝灭佛的决心。

他将僧侣的庙产，一律充公。将两百万僧侣还俗，分别编为军民。三万多所庙寺，改建为民房。如此一来，使得北周政府平添不少的人力、财力、军资、兵源。

在我国历史上，将北魏太武帝、北周武帝及唐武宗毁佛称为三武之祸，是为佛教之浩劫。

此外，周武帝下诏，凡因战役俘获充作官奴婢者，全部释放为民。又娶了突厥公主当皇后，拓展外交及实行种种富国强兵的政策。

周武帝即位时，北齐国势渐衰，高洋已死，继位的废帝高殷、昭帝高演、武成帝高湛、后主高纬都不是有才能的君主，内政日益腐败。

南方的陈朝正是陈宣帝在位，陈承继宋、齐、梁各朝的风气，社会上弥漫着文弱、奢靡的习尚，没有什么新气象，陈宣帝本身好大喜功，才干不足，所以陈的国势也很弱。在这种情形之下，以北周武帝的英明有为，颇有统一全国的可能。

高睿死谏

北齐孝昭帝高演在位十一年去世，由他的弟弟高湛即位，是为北齐武成帝。

武成帝在还没有当上皇帝以前，就和国子寺学生和士开的感情最好。和士开为人机警，有几分小聪明。他的琵琶弹得极佳，尤其会玩握槊之戏（握槊是古代一种赌博的游戏），刚好武成帝最好此道，因此两人十分投缘。

和士开嘴巴甜，擅长拍马屁。齐孝昭帝在世时，不准武成帝与和士开走得太近，因为和士开过于轻薄，是个标准的小人。等到孝昭帝去世，武成帝第一件事就是把和士开唤回身边。

武成帝一会儿工夫都离不开和士开，有时候和士开从宫里回家，刚回去，武成帝又派人把他召回。和士开喜欢做出许多鄙陋猥亵（wěi xiè）的动作取悦武成帝，武成帝对他的宠爱日甚，前前后后的赏赐，不可胜计。两人一天到晚黏在一块，早已不再有君臣之礼。

古代皇帝的责任极重，不但从小要接受比一般平民更重的教育，登位后日理万机也是一件繁重的工作。武成帝好逸恶劳，追求贪乐，对于繁重的政务感到十分不耐烦。

和士开对武成帝道："自古帝王到今日尽为灰土，贤君尧舜、昏君桀（jié）纣在死了以后又有什么差别？陛下趁着少壮之年，应该极意为乐，一日取快，可敌千年！"

“对，好一个一日快活，可敌千年。”武成帝很激赏和士开的说法。把政权交给左右的奸臣，日夜作乐，使得齐国的政治大坏。

因为不知道节制，武成帝在三十二岁便一命归天了。临终之前，他紧握着和士开的手道：“勿负我也。”闭上了双眼。

和士开本来就是皇帝身边的红人，这下子武成帝临终托付于他，自然神气活现。朝廷里的臣子纷纷巴结他，自愿作为和士开的假子。

尤其和士开和武成帝的皇后胡后交情不错，胡后也喜欢握槊，和士开常陪着她玩，两人关系颇不寻常。因此，当武成帝去世，胡后升为胡太后以后，对和士开也是非常支持。

朝廷里面以高睿为首的一些忠臣看不过去，决定去向胡后建议，把和士开调离京城。

高睿是高欢的堂侄儿，由于父亲早死，从小由高欢抚养长大，高欢视高睿如同自己的儿子。高睿身长七尺，体貌宏伟，很有学识，又懂得治事之道，为人正直，受封为南赵郡王。十七岁时就受命为定州刺史，他在任内，留心州内政治事务、整顿治安、注重农业和教育，政绩优良。

他曾率领数万士兵监筑万里长城。为表示与士兵同甘共苦，他不肯别人帮他打扇，也拒绝饮用专车送来的冰水。

高睿说：“三军之中，人人都喝温烫的热水，人人都受不了炎夏，我凭什么一个人饮用冰水？我喝不下去。”因此兵士都肯为其效命。现在看到朝廷日非，高睿率先面陈和士开的罪过，他说：“士开是先帝弄臣，贪污纳贿，秽（huì）乱宫廷，臣冒死陈之。”

胡太后冷笑说：“先帝在时，你们为何不说？今日莫不是要欺负我孤儿寡妇？不必多言。”

高睿等仍然据理力争，不肯让步。胡太后也摆下脸来下逐客令：“改天再说吧，你们可以散去了。”高睿气得把乌纱帽丢在地上。

第二天，高睿又到云龙门求见胡太后。他请人通报三次，三次胡太后都不肯接见，最后派左丞相对高睿说："现在先帝的棺木还未出殡，朝廷正在办丧事，以后再说。"

如此一来，高睿只有暂时告退。

因为高睿等在朝廷中还有相当力量，胡太后也不能完全不理他，于是派人找和士开来商量。和士开装出一脸忠贞的模样说："先帝在群臣之中，待我最厚，我如果离开朝廷，不等于剪除陛下的羽翼，削弱王室的力量吗?"于是两人决定，谎称要派和士开为兖（yǎn）州刺史，只等丧事办完，立刻上任。

武成帝的葬礼一完，高睿马上要进宫，催促和士开上路。

宫内的宦官知道太后心意的，跑来对高睿说："你这是何苦呢?太后既然一意袒（tǎn）护和士开，你又何必自讨没趣?"

"不成，现在幼主年纪还小，岂可容许奸臣在侧。我如果不去说，我有何面目对天?"高睿还是怒气冲天地去找太后理论。

胡太后听完高睿一番说词后，没表示任何意见，只是命人为高睿斟酒。

高睿站起来正色道："我今天是来论国家大事，不是来喝酒。"说完话，高睿便离开了。

当天晚上，高睿做了一个噩梦。梦到一个长一丈五尺的巨人，巨人的手臂有一丈长，直直地对高睿袭来，他吓得惊醒道："恐怕是太后要杀我的预兆。"

第二天早上起来，高睿又要上朝劝太后。他的妻子哭着拉着他，不放他走。高睿甩开妻子的手说："自古以来，忠臣都是不顾身家性命的，我不能容许胡太后危害朝廷，我宁可死着去见先帝。"

他走到殿门，旁人看着他又来送死，好心地扯着他的衣袖道："希望殿下不要进去，恐怕会有危险。"

高睿还是不顾一切地往前冲道："我上不负天，死亦无恨。"

高睿进了宫，又向胡太后力陈和士开的劣迹，要求除掉和士开。胡太后不听，命高睿出宫，高睿无奈，只好离开，还没有走出皇宫，在半途上便被埋伏在路旁的武士擒住杀了。高睿死时才三十六岁。高睿死后连续三天，京师大雾，这是少有的现象，人们都说这是老天爷痛惜高睿冤死。

无愁天子齐后主

高睿死后，琅琊王高俨（yǎn）更加厌恶和士开，便和领军库狄伏连、御史王子宜、都督冯永裕等合谋，设计杀了和士开。

大权归于北齐后主高纬。齐后主说起话来滞涩迟钝，结结巴巴。所以他十分不喜欢接见大臣，除非是他特别宠爱亲私、昵近狎（xiá）习的，否则一概不与之交谈。

同时，齐后主个性非常懦弱胆小，被人一看就害羞得满脸通红，因此他不准臣子看着他。哪怕是尚书令有事要禀奏，也不可以仰视，只能够匆匆忙忙讲一个大概，然后快速地离开，不然他就要生气。

比起他的父亲武成帝，齐后主更加奢侈浪费。他的后宫姬妾，都是宝衣玉食，做一条裙子所花的费用，往往就值一万匹布的价钱，在他看来，这是理所当然之事。

齐后主很喜欢盖宫殿，可是却喜新厌旧，常常刚刚盖好，没有两天，觉得不满意，马上下令“拆掉”。于是辛辛苦苦造起来的宫殿被夷为平地，然后，他又要盖一座新的宫殿，并且催得十万火急。

在这种情况之下，百工土木，没有一时一刻休息的时候。白天固然是赶工，连夜晚也点着火照样工作，冬天寒冷，泥土都结冻了，竟然用热水搅拌泥土照常赶工。

中国古代，认为君主是全国人民的大家长，君主常称其百姓为“子民”，但是君主要受天意的监督。所以古时候有了天灾、寇盗，当皇帝的常要责备自己，并且加以节制。但是齐后主却没有因为灾

北齐后主高纬在华林弹唱《无愁曲》，选自明刊本《帝鉴图说》。

荒贬损自己，又为着求取良心上的安宁，开凿晋阳西山的大石雕刻成为大佛像。为着这个巨大的工程，一天晚上要用一万盆油照明，又到处设素斋，认为如此菩萨就会保佑他。

齐后主喜爱弹琵琶，而且自己作了一首《无愁曲》，命令臣子唱和。民间暗地里为他取了一个外号“无愁天子”。

无愁天子因为太快乐了，没有什么忧愁的事。他荣华富贵享受已极，忽然突发奇想：“当个乞丐多有意思呢！”于是他在华林园建立了一座贫儿村。齐后主换上破烂的衣服，携着篮子带着棍子，哭丧着脸跪在地上对着宫女哀求：“好心的太太啊，请你施舍一点儿吧，我已经三天三夜没有吃东西了。”觉得有趣极了。西洋有部文学名著《乞丐王子》，讲的是一个王子想当乞丐，与乞丐交换身份的一段故事。看来皇帝当久了，换个口味当乞丐的心理不足为奇。

在他主持之下的朝政，官吏爵位都是用钱买来的，衙门里判案子也是看受贿多少断其轻重。因为齐后主糊涂昏庸，不但他的一个旧仆人刘桃枝可以当上开府仪同三司（类似今天部长级官位），其他宦官、歌舞人、官奴婢也可以封王。有一个人叫薛荣宗，自称能看到鬼，十分稀奇，人们称之为“见鬼人”，也当了官。

最为荒唐的是，当齐后主斗鸡走马玩得开心，他随口就替这些狗啊、马啊加上仪同、郎君的封号。所谓“赤彪仪同”、“逍遥郎君”、“凌霄郎君”都是非鹰即马，还有一只很可爱的波斯狗被封为“仪同郎君”，不但有封号，竟然还享有一份俸禄哩。

当他任情地挥霍之时，一些个佞（nìng）臣小人也在旁陪着玩儿，动辄（zhé）数万。没有多久国家的府藏掏光了，齐后主便用卖官的方式谋取金钱。当然买得起官位的，不会是穷读书人，有操守的读书人也不屑买官。富商大贾（gǔ）们一旦得到官位以后，当然贪污枉法，要在老百姓身上捞回成本，因此处处民不聊生。

齐后主自小养尊处优，要什么有什么，因此，养成他极为不耐烦的性格，脾气急躁。有一天晚上大家都快睡觉了，他忽然想要蝎子，说要就立刻要。

蝎子，是一种节足动物，和蜘蛛同类，尾巴弯曲有毒钩，会螫人注毒，成语“毒蝎美人”就是形容蝎子性毒。齐后主不晓得要拿蝎子去害哪个倒楣鬼，反正他急着想要。

三更半夜到哪儿去找毒蝎？但是皇帝有令，不得不办。整个宫中上上下下忙成一团，齐后主又不断在发脾气：“怎么还不快一点！”到了黎明，终于给后主弄来了三升的毒蝎。

齐后主有一个毛病，什么东西不好找，他就偏偏要这个东西，而且性子急得不得了，早上才有此念头，晚上就非到手不可。譬如说他在夏天要冬天的水果，到哪儿去找呢？却也只能上天下地为他找了来。经常把地方上的百姓搅得人仰马翻。

在齐后主的统治之下，北齐政治的败坏可想而知。相对地，这时正是北周武帝在位，奋发图强，当时长江以北是北齐和北周两雄对峙，强弱对比，明眼人很容易看出来历史的发展几乎注定是北周灭亡北齐。

冯小怜观战

在《无愁天子齐后主》中，我们说到齐后主荒唐昏庸，使得民不聊生。

于是，精干的周武帝大举伐齐。齐兵大败，八千甲士被俘。

这个紧急的当儿，北齐后主正拥着冯淑妃在天池游玩，快活似神仙。

冯淑妃，本名叫小怜，长得确是楚楚可怜的动人模样儿。她原先是穆后的侍婢，因为能弹琵琶，刚好与擅长琵琶的后主兴趣相投，小怜又会轻歌妙舞，益发能讨后主欢心。因此，他二人坐则坐在一张席上，出则共骑一匹马，而且发誓两人要同生共死。

这一会儿，北周大军围攻晋州，晋州告急，从早上到中午，一连有三次驿马传来紧急快报（在古代，没有电话或电报，都是利用驿卒，骑着快马传递消息），说是前线告急，请中央政府赶快救援。

右丞相淡淡地说：“天子正在作乐，边境小小的交兵，不算一回事，何必急急忙忙奏闻。”

到了傍晚时刻，驿卒带来一个坏消息：“平阳已陷。”这个消息非同小可，丞相赶紧呈报上去。

听说平阳失陷之后，冯小怜还舍不得离开天池，她正与后主打猎，正玩在兴头上。于是她娇媚地对后主说：“不急嘛，再杀一围嘛。”后主也正不想走，连忙答应：“好。”

旁边的人都不敢相信自己的耳朵，却也没有办法。还有人说，后主名字叫高纬，纬与围同音，再杀一“围”，太不吉利了。

北齐的将领还算十分争气，平阳城陷之后，极力反攻，想要收复失地。他们暗地挖了一个地道，地道挖成之后，果然平阳城垣崩颓倒了一大段。

北齐的士兵高声欢呼：“冲啊！冲啊！城破了。”北齐军队正要冲锋，忽然，前来督战的北齐后主站在远远的高地大声一喊：“且慢，且慢。”

原来，齐后主认为这是难得一见的精彩镜头，连忙派人去叫冯小怜前来观战。小怜接到消息，也不马上赶来。换衣服，梳头发，然后慢吞吞地上粉，抹胭脂，折腾了老半天才袅袅婷婷地出来。

等到冯小怜到来，北周人老早用木头塞住了北齐人挖的地道。北齐的军队眼睁睁看着辛辛苦苦挖的地道被毁，却又没有办法阻止，因为冯小怜的妆还没有化好，一个个都快气疯了，因此，士气大为低落。

冯小怜，选自《马骀画宝》。

北齐军队失去了收复城池的机会，北周军队也感到很意外，不敢轻举妄动，于是双方僵持着，冯小怜来到高地，并没有看到双方作战。

冯小怜不但不因此感到抱歉，反而气呼呼地埋怨：“把人家找了来，什么也看不到，真是扫兴极了。”

后主也觉得没有让小怜看到攻城十分抱歉，因此当小怜提议：“我听说晋州城的西边有块石头，上面有神仙来过的遗迹，我们去看一看吧。”后主一口便答应了。

但是，后主转念一想：“不好，不好，那儿靠近战区，万一弓矢射中怎么办呢？还是别去吧。”

小怜仍然不死心，苦苦地央求着。齐后主认为，难得有这个机会，若不寻幽访胜也是可惜。左思右想了半天，最后，齐后主灵机一动：“不如另外造一个桥，通往神仙遗迹，如此岂不妙哉？”他好像忘记了现在正在打仗，还以为是在观光。

齐后主的脾气向来是想要就要，他立刻传令造桥。下面的人回答：“没有木头怎么造桥？”

“谁说没有木头的？那儿不是摆了一大堆？”齐后主指着地下一堆堆圆滚滚的木头，怒声地指责着。

“可是，可是，这些是拿来准备撞击城门进攻之用的啊！”手下的人无限委屈又愤慨地抗辩。可是，后主说要挪用，谁也没有办法，而且，后主有一个毛病，性情急躁，说办就办。他不但传令赶工，而且亲自监工，把战争抛到一旁。还不断地威胁：“快点，快点，不然就要受罚！”

天下许多事都是急不来的，譬如造桥便是，泥土还没有干，后主已经迫不及待牵着小怜去看神仙遗迹了；两人的车马刚一上桥，桥立刻就垮了，跌得人仰马翻，一塌糊涂。直到半夜两人方才狼狈地回来。

但是，这些似乎没有给齐后主带来任何教训。不久，两军开战，他又拉着冯小怜前去观战。

小怜原来以为打仗挺有趣、挺新鲜的，等到真的上了战地，听到杀声震天，吓得花容失色。她忽然发现，东边的阵容似乎稍退，尖叫一声：“败了，败了。”旁边穆提婆跟着一喊：“大家退，大家退！”

其实，部队半进半退是作战中常有的现象。冯小怜一嚷嚷，拉着齐后主撤退，人情骇乱，一败不可收拾。仗也没打，军资器械扔了几百里之远，北齐整个溃败。

当北齐后主与冯小怜逃到洪洞，小怜还不知道自己闯下大祸，拿着镜子，施粉添妆，顾影自怜。一直到殿后的军士高喊：“贼兵来了！”才依依不舍放下镜子。

在这种一面倒的情况之下，周人以秋风扫落叶之势，在两年之内完全消灭了北齐。

周武帝管教太子

在上一篇《冯小怜观战》之中，说到北周武帝大破北齐军队，威风极了。然而，周武帝虽然文治武功都可称道，他却有一个大隐忧，武帝的太子宇文赟（yūn）不成材。他很担心太子没有承嗣皇位的能力。

因为这个缘故，武帝管教太子十分严格。他不愿意太子有虚骄之气，所以对太子的态度和一般大臣相同，哪怕是隆寒盛暑，太子也同样上朝，不得偷懒。

太子没事时喜欢喝上两杯酒，周武帝对他这种嗜（shì）好深恶痛绝，下了一道命令，禁止将酒运往东宫（东宫是古代太子所居住之地）。

有一次，太子又犯了过错，引得周武帝大发雷霆。他拿起棍子狠狠地对太子抽来，一边用力地打，一边痛心地说："你啊，别以为你这个太子的位置是坐定了，从古以来太子被废的不晓得有多少，难道除你之外，我其他的儿子都不能做太子吗？"

太子最怕他的父亲，捂着屁股一句话也不敢说，转过身去，又照样吃喝玩乐。武帝国事忙，而且与太子也不住在一起，因此特别命令，把太子的一言一行、言语动作照实记录下来，每个月报告一次。太子竟买通了左右，所以送给武帝看的报告倒是表现成绩不坏。

但是，江山易改，本性难移，太子是块什么样的材料，武帝心里最为清楚不过。

有一日，周武帝到同州考察，召见万年县丞乐运。周武帝问乐运道："卿近来见过了太子，你觉得，太子是一个怎么样的人啊？"

"中人。"乐运简短地回答。

"哈哈，"周武帝自我解嘲地干笑了几声。然后，回过头来对齐王宇文宪等人说："那些个百官佞臣为着讨我欢心，都说太子聪明睿智，只有乐运一个人说太子是中人，这可证明乐运这个人是忠贞正直的。"

接着，武帝又问乐运道："你倒是说说看，什么样叫中人？"

乐运回答道："在《汉书》之中，作者班固批评古代的齐桓公为中人。因为当他任用管仲时，天下大治，成为春秋五霸之一；以后管仲去世了，齐桓公任用竖貂，一败涂地。所以中人就是可以为善，也可以为恶的人。"

乐运这话说得十分婉转，他不便直接批评太子，只点出了如果太子没有人好好辅佐，必定会造成国破家亡的悲剧。

聪明如周武帝，当然听得出乐运话中的含义。回去后，便有意在东宫中多找几个贤人好好教一教太子。

太子知道这件事，相当的恼火，他不但恨乐运，尤其痛恨齐王宇文宪。宇文宪是他的叔叔，常在武帝面前说他的缺点。

另外有一人，名叫宇文孝伯，他和周武帝是同一天生日，长大以后又与周武帝一块读书。

宇文孝伯的学问很好，因此，武帝派他伴太子读书。宇文孝伯眼看着太子一天天长大，既无德行，又好亲近小人，就对周武帝禀告："皇太子四海所属，然而未闻德声。臣为东宫官属，理应受责。然而太子年纪尚小，志业未成，请妙选正人君子作为太子的师友。"

周武帝笑嘻嘻地回答："哪有其他正人君子比得上你？"于是仍然用宇文孝伯为左宫正。

其实，宇文孝伯是有苦说不出，他早就不想担任教导太子的工作了。因为太子不能打也不能骂，完全不准体罚。太子不肯学好，做老师的实在一筹莫展。

但是，说也奇怪，自此以后，周武帝每回问道："我那个不肖的儿子，近来有点儿长进没有？"

宇文孝伯总是回答说："太子畏惧天威，不再嗜酒，也没有什么重大的过失。"

"噢？"周武帝高兴极了，他心想，也许太子真的痛改前非了。

可是，一次在宴会中，有个叫王轨的忠臣，凑近了周武帝，捋（lǚ）着武帝的胡须，半开玩笑地说："可爱的老公公，可惜后代太弱了。"

武帝很不高兴，吃完了酒，把宇文孝伯找来责备道："你每次都告诉我说，太子无过，今天有王轨这番话，可见得你是在骗我。"

宇文孝伯也不申辩，他恭恭敬敬地下拜道："我听说父子之间的事，外人是难说什么的。臣知道陛下不肯割情忍爱，舍不得不让他当太子，我只好把舌头打个结，不敢多说。"

可不是吗？太子虽然无才，太子的弟弟更糟，其他的儿子太小。自古以来的皇帝，又没有舍得把皇位拱手让人的。武帝一时之间答不出话，沉默了好半天，对宇文孝伯道："朕已经委托你管教太子，希望你勉力为之。"

武帝的意思是叫宇文孝伯把死马当活马医，希望能把太子引到正途上来。宇文孝伯能成功吗？

周宣帝诛杀忠良

中国人常说："虎父犬子。"雄才大略的周武帝却有一个不成材的太子，真应了这句话。虽然武帝严加管教，太子的老师宇文孝伯及叔父齐王宇文宪苦心教导，仍不能使太子改邪归正。

周武帝建德七年（578 年），武帝率领大队人马进攻突厥。走到一半，武帝忽然感觉身体不舒服，留在云阳宫休养。

过了几天，病情仍旧没有好转，正式下诏军队暂停前进。而且快马召来宇文孝伯。

宇文孝伯与武帝同年同月同日生，两人自小感情很好，而且宇文孝伯又接受武帝的重托，管教太子，交情非比寻常。宇文孝伯匆匆赶到行在所，发现强壮的武帝一下子变得满脸憔悴。

武帝用虚弱的手拉着宇文孝伯说："我自己知道没有痊愈的希望了，以后的事请多费心。"

当晚，授宇文孝伯司卫上大夫的官职，总领皇帝身边的禁卫卫兵，又派人入京镇守，免得敌人利用这个机会挑衅（xìn）。可见得武帝的英明能干，直到垂危，仍然如此果断。

过了不到一个月，武帝愈来愈不行了，勉强回到长安，当天晚上与世长辞，享年只有三十六岁。他做了十八年的皇帝，可以说是南北朝最有作为的君主，可惜天不假年，否则，他可能创造一段辉煌的历史。

武帝一死，太子宇文赟（yūn）即位，是为宣帝。武帝是明主，

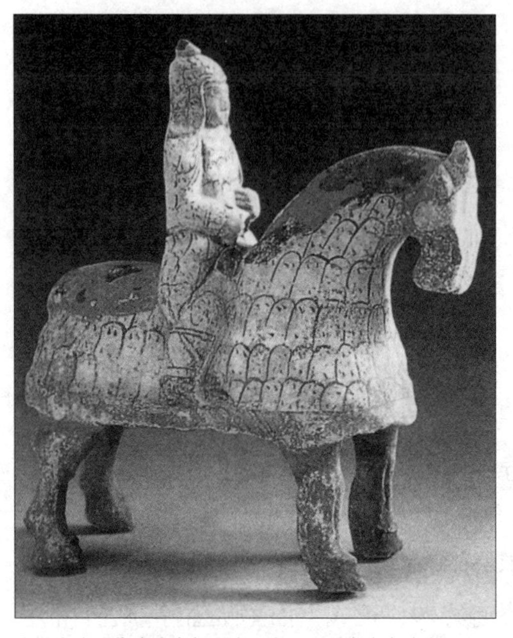

北周彩绘重装骑兵陶俑，陕西咸阳北周孝武帝陵出土。

英年早逝，全国都笼上一层悲哀，宫中更是一片嘤泣之声，只有宣帝没有一点儿忧伤。他摸着身上一条红一道紫的杖痕，想着武帝生前教训他的情景，破口大骂道："老东西，死晚了。"

然后，他一跳而起，直奔武帝后宫，挑选美丽的宫人纳为已有，以宣泄对武帝的不满。

宣帝心想，好不容易终于让我当上皇帝，那些以前对不起我的，现在要他们好看。宣帝一思索，立刻想到了叔父齐王宇文宪一天到晚在武帝面前打小报告，说他这个不是，那个不是，害得他挨了不少鞭子，此仇不报非君子。而且宇文宪德高望重，为朝廷中人敬重，这也是叫人生气的事。

于是，宣帝把宇文孝伯找来，就对他说："你若能为朕除去齐王，朕当把官位给你。"

宇文孝伯叩头道："先帝留有遗诏，不许滥诛骨肉。齐王乃陛下叔父，功高德茂，社稷重臣。陛下若无故害之，则臣为不忠之臣，陛下为不孝之子矣。"反而把宣帝教训一番。

宣帝听了，心里很不高兴，从此与宇文孝伯逐渐疏远，秘密地与小人们商量谋害宇文宪。

首先，宣帝派宇文孝伯去告诉宇文宪，说是要以他为太师，宇文宪一再辞让不肯担任。

然后，又叫宇文孝伯通知宇文宪："今天晚上诸王们都请入宫。"

到了晚上，诸王们会集，只有宇文宪一人单独被请入内宫。他一进宫，立刻被两旁窜出的壮士捉住，一口咬定宇文宪叛变。因为是入宫，所以既没有随侍，又不能带武器，宇文宪只有乖乖被捆住。

接着，宣帝派宇智与宇文宪对质。宇智说，他偷偷在宇文宪家中看到的奇怪景象，桩桩都表示有异谋。却被宇文宪一一驳斥回去，而且宇文宪气壮如山，目光如炬，直直盯着宇智。宇智到后来辩得哑口无言，蛮不讲理道："以王今日的地位，是不是有异谋，还用得着多说吗？"

既然欲加之罪，何患无辞，宇文宪气得把朝用的象笏往地上一摔，沉痛地说："生死有命，我也不想活了。只是老母在堂，我害得她也要受牵连了，唉！"

就这样，宇文宪被吊死；没多久，宇文孝伯也步其后尘。朝廷里的忠臣，宣帝一概没法子相容。

不久，宣帝立皇子鲁王宇文阐（chǎn）为太子，并且传位太子，自称为天元皇帝，对臣下不称朕而称天。每天戴着一个"通天冠"，到处去玩，羽仪仗卫跟随在后，晨出夜还。随侍的官吏，个个苦不堪言，对着月亮想打哈欠。

宣帝既然自称天，表示他自以为高高在上，非常的了不起。所以规定凡是要来看他的，得先吃三天斋，洁身沐浴而后前来。他看到"天、高、上、大"这几个字就有反感，认为是大不敬，所以官名中没有此四字。有人姓高怎么办呢？一律改为姓姜。同时他又禁止天下妇人，不得抹粉擦胭脂，这是宫人的专利，此也是历史上所少见的规矩。

因为宣帝少时嗜酒，被武帝打过不少板子，怀恨在心，意图报复，所以自公卿以下的官吏都常常挨打，每次打板子至少要打一百二十板，称为天杖，苍天所制定之杖数也。后来又把天杖提高为二百四十下，真是够受的。

不但公卿要挨打，连他所宠爱的后妃嫔御也是说打就打，而且狠狠地打在背上，痛彻心肺。宫中里里外外，人心不安。